★ 我想成为超级英雄 ★

邪恶的"我"是超级大反派

[英] 戴维 · 所罗门斯 - 著
仇春卉 - 译

中信出版集团 | 北京

图书在版编目（CIP）数据

邪恶的“我”是超级大反派 /（英）戴维·所罗门斯著；仇春卉译 . -- 北京：中信出版社，2019.7

书名原文：My Evil Twin Is a Supervillain

ISBN 978-7-5086-9816-8

Ⅰ . ①邪… Ⅱ . ①戴… ②仇… Ⅲ . ①儿童小说—长篇小说—英国—现代 Ⅳ . ① I561.84

中国版本图书馆 CIP 数据核字 (2018) 第 267373 号

邪恶的“我”是超级大反派

著　　者：［英］戴维·所罗门斯
译　　者：仇春卉
出版发行：中信出版集团股份有限公司
（北京市朝阳区惠新东街甲4号富盛大厦2座　邮编　100029）
承 印 者：深圳当纳利印刷有限公司

开　　本：880mm × 1230mm　1/32　　印　　张：9　　字　　数：163千字
版　　次：2019 年 7 月第 1 版　　印　　次：2019 年 7 月第 1 次印刷
京权图字：01-2017-3074　　广告经营许可证：京朝工商广字第8087号
书　　号：ISBN 978-7-5086-9816-8
定　　价：32.00元

·1·

多重宇宙机会多
多重宇宙麻烦多

“卢克，加油啊！”我一边喃喃自语，一边驾驶着左邦的飞船越过一颗超新星，“偷一艘跨维度太空飞船，飞去另一个平行宇宙，这有什么难的！”

我挤在狭窄的驾驶座里，四周是一圈环形控制台，台面上布满了让人眼花缭乱的触屏式按键与滑动器。在与我眼睛等高的地方有一个散发着亮光的显示屏，上面有一幅展示飞船邻近空间的动态星空图，此外还有一大串疑似很重要的读数。虽然显示屏上的图像移动得非常缓慢，可是驾驶舱透明舱壁外面的星星却嗖嗖地掠过，我看得胆战心惊。有一个读数显示我的飞行速度为“3”，至于这个“3”用的是什么单位，我就不清楚了。

我偷了左邦的钥匙，“借”走了他的太空飞船，刚得手时，这一手简直称得上神来之笔。可是此时我手忙脚乱地在控制台前折腾，脑海里竟然响起了一句话：“在超空间飞行可不像开洒农药的飞机。”说这句话的人是汉·索罗——全宇宙最厉害的走私客和太空飞船驾驶员。许多年前，我看第一部《星球大战》时听到他说出这句名言时，还觉得很困惑，因为我以为汉·索罗说的是一个名叫“萨农药”的人有一架飞机。

突然，控制台上有一盏灯闪出了绿光。我正想着幸好不是红灯，哪知马上就听见一阵微弱的警报声。这时我才想起来，在左邦那个颠三倒四的宇宙里，红色和绿色是刚好相反的！糟糕！我瞥了一眼那个悬浮在空中的显示器，只见那个代表我这艘小飞船的指示图标正朝着太空里的一个巨大黑色圈圈高速飞过去。等等！太空里的巨大黑色圈圈……这东西好像有另外一个名字吧？

黑洞！

我拼命把操纵杆向旁边拉，想躲开这个巨大的宇宙垃圾桶。我感觉到飞船开始转向，显示屏上面的读数也证实航向确实正在改变。看来这一劫我算躲过去了，不过也够惊险的了。飞船在黑洞边缘掠过的时候，我抬头仰望驾驶舱外，顿时屏住了呼吸。在那一刻，连时间好像都静止了。我仿佛看到一头巨怪张开大口，露出咽喉里面那一团无穷无尽的漆黑，甚至比奇斯尔赫斯特洞穴[1]里面还要黑。小时候我每隔一段时间就会对蝙蝠侠心血来潮，有一次，我很想寻找一个合适的地方建造我自己的蝙蝠洞，于是求爸爸带我去奇斯尔赫斯特洞穴。爸爸带着我和扎克走到地底深处，来到一个导游从不会带游客去的区域，然后突然把应急灯关了。后来他说只是想“小小地吓唬我们一下”，可我当时快吓尿了，却又不想让爸爸知道我有多么害怕。不知怎的，扎克感觉到了我的焦虑，于是在黑暗中抓住了我的手。事隔那么多年后的这一刻，在这艘跨维度飞船的驾驶舱里，我仿佛仍能感觉到哥哥的手指在我的手上轻轻一捏，感受到他给予我的安慰。

黑洞强大的吸力像巨爪般撕扯着脆弱的飞船，飞船外壳发出阵阵嘎吱声。我感觉到飞船渐渐停住了，然后开始倒退——饥饿的黑洞正在把我往它的大嘴里拖！如果我不能挣脱它的引力，我的任务还未开始就已经结束了。我需要更多动力！我在控制台上拼命搜索，只觉得头晕眼花。突然，我看到一个可能有用的标志，连忙用大拇指按下去。我身边的一切仿佛停顿了片刻，然后从隐藏的喇叭里传出叮叮咚咚的钢琴声，接着一个显得有些怪异的女高音开始唱歌。显示屏上滚动出现一行字：

---

① 奇斯尔赫斯特洞穴：Chislehurst Caves，伦敦郊区著名景点，是一片纵横交错的山洞，挖于13至19世纪期间，用于采矿。“二战”时曾用作防空洞。（本书中注释如无特别说明，均为译者所注。——编者注）

宇宙古典（重新灌录版）。原来我按的不是增强发动机动力的按钮，而是打开了左邦最爱的歌曲列表。歌声跌宕起伏，就像一条轻盈飘舞的衣袖。“山庄怎么会呼啸呢？[①]”我听着歌词，心里正纳闷，飞船突然侧倾，随即开始旋转起来。我已经无法继续控制飞船了。就在这紧急关头，飞船的修复系统自动激活了：驾驶座上的软垫突然充气膨胀，把我挤压在座椅上，就像奶奶与我久别重逢时给我的熊抱；自动驾驶仪立即接管了飞船的航行系统；一个氧气面罩从驾驶舱顶垂了下来。

主驱动器猛然发力，巨大的轰鸣声就像爸爸那辆破旧的菲亚特汽车在冷冬清晨发出的噪声。在显示器上，那个数字“3”变成了“4”，左邦的飞船一下子从黑洞的大嘴里冲了出来——我自由啦！接着，驾驶座上的软垫也松弛下来，不再像奶奶那样紧紧地挤着我。我一下子瘫倒在座椅上，长长地舒了一口气。

左邦有一张行程表，上面记录了他以前去过的地方，我估计我的目的地就在这张表上。恭喜我，猜对了！于是我把地址输入控制台，剩下的就让飞船上的计算机自己搞定好了。就这样，我继续在茫茫宇宙中极速前进。当我静下心来审视这段恢宏壮丽的伟大旅程时，我觉得自己有点儿像超人，从被摧毁的

---

① 《呼啸山庄》是19世纪英国文学代表作之一，作者艾米莉·勃朗特。卢克听的是在此小说基础上创作的歌剧，他知道这本书，故有此一问。

家园前往一个安全的新世界。区别在于，我的家园并没有被摧毁，而且送超人去地球的是超人他爸，可我爸甚至还不知道我离家出走了。虽然他现在还不知道，可是他早晚会发现的。问题是，发现了又怎样？我怀疑他根本就不会在意。这段时间以来，妈妈和爸爸对一切事情都不上心了……我连忙把这个灰暗的念头塞回记忆深处，让它跟藏在那里的其他念头做伴去吧！现在我已经没有回头路可走，我只能成功！这就是我目前的任务，也是唯一重要的事。

控制台上的另一盏灯开始闪烁，飞船逐渐减速，然后跳出超空间，回到了普通宇宙。我看见一个星球悬浮在黑暗的宇宙里——地球。

可惜这并不是我的地球。

左邦的飞船自动调节旋转速度和角度，然后大摇大摆地冲进了地球的大气层。人类最精密的外星飞行器探测系统在这艘飞船面前变得像小孩玩具一样可笑。我眼前的悬浮屏幕显示飞船启动了某个防护罩设备，专门对付那些多管闲事的雷达。在高空掠过时，整艘飞船剧烈地震动，外壳也因为摩擦而变得炽热。飞船继续俯冲，刺穿低空的云层，大地顿时展现在我眼前。现在是夜晚，悬浮屏幕上面有一个图标，表明我们就在英国上空。几分钟后，飞船已经在英国西南角的上空盘旋了。我正准备朝最终目的地飞去，飞船内部深处却突然传来嘭的一声巨响，然后飞船突然下坠。在那一瞬间，我觉得自己的胃仿佛留在了头顶上方五百米的地方。

“自动降落失效。”飞船的中央计算机瓮声瓮气地说，“转为手动控制模式。”

我手里突然多了一根操纵杆。操纵飞船降落？在这种时刻，换了普通人肯定会惊慌失措，但是我没有。因为我不仅仅是卢克·帕克，一个狂热喜爱动漫的小学生……

我更是星主！

决策者左邦赐予我超能力，就是让我为正义、为真理而战……呃，他也许想不到我会偷他的太空飞船。嗐，随便吧，反正我有超能力！实际上，要是我乐意，我完全可以拉动弹射把手，靠自己的超能力飞回地面。可是我需要这艘飞船，它是我全盘计划中很重要的一环。我天资聪颖，本来就懂得怎么使用操纵杆，再加上心灵遥感超能力，所以一下子就把飞船稳住了，然后准备降落。我在树林深处找到一片人迹罕至的空地，正好用来做停机坪。那地方很偏僻，随便哪只狗也不会跑到那儿去。我这句话不是说某只狗很随便，我的意思是……嗐，随便吧！

就在我准备着陆时，一阵疾风突然袭来，掀起了飞船的一角。我还来不及修正船身角度，飞船的另一角已经碰到了树梢。我一下子没反应过来，飞船竟然开始在空中侧翻，朝一栋巨大的建筑物坠落下去。透过驾驶舱窗口，我看见那座建筑物被许多射灯照着，好像是一间大仓库。眼看就要撞上了！就在千钧一发之际，飞船竟然自动跳到了另一个维度，等飞船再跳回来时，我们已经像幽灵似的穿过了屋顶，没有连人带船撞个粉身碎骨。在生死关头，飞船的安全系统再次启动，终于把飞船稳稳地停住了。

我弹开驾驶舱舱盖，从飞船里跳了出来。飞船的应急照明设备将我降落的这个地方照得雪亮，我好像把飞船开进了某人的卧室，或者说，这地方至少看起来像是一间卧室，可是我总觉得有什么东西不太对劲。首先，这个卧室里没人。我不是说卧室主人还没进来睡觉，而是说这里看起来不像有人睡过。然后我发现还有其他卧室，都位于一条开放式的走廊里，每个卧室的门上面都挂着标签，上面写着一些古怪的外星文字。一闪念间，我知道这是什么地方了。

“宜家家居。”我喃喃自语。

飞船里再次传出主机的声音：“启动环境潜伏模式。”

接着，飞船开始变形，在短短几秒钟内，就从传统的“带腿的碟子”的形状变成了一个极简主义风格的时尚卧室：一张双层床、一套组合式沙发和一个绿色的柜子。

“家具组装完毕。”已经变作一盏床头灯的飞船主机宣布。我怎么知道它变成了床头灯？因为每当它说话时，那灯就一闪一闪的。而且我敢打包票，连它的声音也变了，变成我爸妈老看的某部北欧侦探剧集里某一位侦探的声音。飞船主机这样做是非常符合逻辑的，因为它要融入环境嘛。我必须承认，这个伪装策略简直是巧妙绝伦：根本就不会有人留意到在宜家里面多了一间卧室。

飞船已经安全地隐藏好了，于是我从宜家溜出来，走到了最近的一条马路上。夜色中寒意袭人，我仰望清冷的星空，不禁打了一个冷战。回想这次旅程，我真的走了很长很长的一段路。一个宇宙就已经够大了，而多重宇宙呢？简直是大得不可思议。事实上，是无穷无尽那么大。所谓天外有天，宇宙之外还有宇宙，它们一个个都飘浮在永恒的黑暗之中。这就是为什么我要冒着失去一切的危险，坐飞船来到这里。当然了，我还受了漫画书的启发。漫画书教导我说，在多重宇宙里，一切皆有可能：有的星球是用奶酪做的；有些文明的主要生命形式是具有超级智慧的独轮脚踏车；有些世界里依然有恐龙在驰骋；有些星球上每个人都是牛仔，只不过骑的不是马而是恐龙……只要你能想象到的，就会存在于某个宇宙里。我的全盘计划就是建立在这个基础上。

比如说吧，就在这一刻，在一个离我不远的地方，我们全家人正躺在床上酣睡。不过这个家——妈妈、爸爸、扎克还有我——是存在于平行宇宙中的、另一个版本的“家”，他们过的是完全不一样的生活。

我凝视着前方的路。

是时候去把他们叫醒了。

·2·
他不是邪恶机器人替身

“我真心希望复仇者联盟的各路豪杰别来凑这个热闹。”瑟奇在树屋里四处张望着说道，“我们的法式咸派眼看就要吃完了。”

他说的很对——我指的不是法式咸派快要吃完了那句，而是另外一句：这间小小的树屋里确实已经挤满了超级英雄。他们一边享受着自助小吃，一边叽叽喳喳地说个不停，没完没了地吹嘘自己的超能力如何如何了不起。

只见小星侠，也就是我哥扎克·帕克，站在角落里，正用竹签叉着一根香肠大吃特吃。他身边的是暗翅女侠，也就是我的邻居和好朋友拉拉·李，她正从一个塑料香槟酒杯里小口小口地呷着苹果汽水。最后一位就是星主，他的真名叫卢克·帕克。对，我知道，我也叫卢克·帕克。这事儿嘛，属于“多重宇宙”的范畴，各位别着急，听我慢慢说。

房间对面的那位卢克·帕克来自一个与我们这个宇宙同时存在的、处于另外一个维度的世界，他所在的那个地球几乎和我们这个地球一模一样。这事涉及非常高深的科学知识，按照我的理解，他和我基本上可以算是同一个人，因为我们出生、成长的经历都相近，所做的事也基本一样。可是到了最关键的那一刻，我们俩做出了不同的抉择，从此我们走上了完全不同的道路。到底是什么改变了一切呢？

这么说吧，那是大自然母亲在一个不幸的时刻向我发出了召唤。

我去撒了泡尿，结果就错过了人类历史上最重要的五分钟！在我离开去上厕所的时候，一位名叫决策者左邦的跨维度外星人来树屋拜访，把超能力赐给了我哥。类似的一幕也在另一个平行地球上上演，却有一个至关重要的不同之处：

卢克二号忍住了没去尿尿！

也就是说，左邦突然冒出来举办超能力赠送大酬宾活动时，卢克二号还在树屋里！在他的世界里，成了小星侠的是他而不是扎克——不，不是小星侠，是星主！在他的世界里，是他阻止了小行星把地球撞毁的天劫。而现在他竟然来到这里，来到了我的世界里！

“太好玩了！”扎克拍着星主的后背哈哈大笑，“你这人太有趣了！”

我恨得不停地磨牙，发出嘎吱嘎吱的声音。虽然卢克二号来到这里才二十四小时，可是我已经确凿知道了一件事：

我讨厌他！

就比方说，他死活不让我们称他为“另一个卢克”“卢克二号”，或者“超级烦人卢克”。他宣称自己才是正宗的卢克，如果需要在谁的名字前后加上注脚防止混淆，那个人应该是我才对。去你的吧！不幸的是，对这件事介意的人好像只有我一个：扎克只是觉得他“太有趣了”；瑟奇和往常一样，对这个新出现的超级英雄崇拜得五体投地；而拉拉早就开始安排时间让他接受校报采访了。最讨厌的是，他们都想当然地认为那个烦人卢克和我一定能成为最好的朋友，毕竟我们几乎就是同一个人嘛。

瑟奇出现在我身旁，手里拿着一个银托盘，上面摞满了一块块裹了面包屑的散发着鱼腥味的东西。正是他提出为新来的超级英雄举办一个欢迎会，还自告奋勇提供食物和饮料。

他摇了摇头，赞叹道：“这个世界怎么会突然挤满了超级英雄呢？”他一边说一边把食物托盘送到我鼻子下面，“油炸比目鱼鱼柳配芒果青柠汁。”

“不用了，谢谢。”我推开托盘，“这是什么音乐？”

“这是我制作的瑟奇·甘斯布[①]作品精选。”说着他戳了戳便携式蓝牙音箱的音量控制键，“他跟我同名。”

那位跟瑟奇同名的仁兄唱歌时就像嘴里含着碎石子似的。而跟我同名的那个家伙正一边给拉拉添饮料，一边吐沫横飞地说着一件让人笑得合不拢嘴的趣事，无非就是翻来覆去地吹嘘他如何凭一己之力拯救了世界。哼，他拯救的又不是我们这个世界！

我悄悄地靠近瑟奇，低声说：“我们能确定他不是一个邪恶的机器人替身吗？”我这个问题问得很合理，上个月我们挫败外星霸主的入侵计划时，就碰上了一个冒名顶替卡拉的机器人，到现在我们才刚刚缓过劲儿来。

瑟奇叹道：“唉，兄弟，这个我们已经讨论过了！他是真的卢克。”

他这话太伤人，我愤怒了：“你说什么?！”

“你当然是真的卢克。”瑟奇结结巴巴地说，“可他也是真的呀。”

我哼了一声，把一块比目鱼鱼柳塞进嘴里：“那他来干吗呢？我们只听过他的一面之词，说是决策者左邦把他放在这里的。难道我们这里成了超级英雄托管所吗？”

---

① 瑟奇·甘斯布（Serge Gainsbourg，1928—1991）：法国音乐家，是法国流行音乐界的重要人物。

瑟奇又叹了一口气："我敢肯定，有一个足以毁灭世界的大灾难即将发生，随之而来的当然是新一轮的恐惧、痛苦以及'消化不良'。可是现在，我们应该拿出一点时间，享受眼前的美食。"

我看着他穿过房间，把盛着食物的托盘递到每个人面前。爱出风头的卢克二号继续散发魅力，取悦大众。扎克笑得太厉害，被一小块比萨呛得喘不过气来，还多亏星主用心灵遥感超能力把那小块比萨从他嗓子里拨开了。然后几个人继续喋喋不休地说着废话，比较各自斗篷的长度，讨论哪种面具比较好——是把整张脸遮住的还是只遮住眼睛的。拉拉解释说她之所以能够控制绝大部分小动物，却怎么也控制不了猫，因为猫是不受任何人控制的。她又安排大伙儿站好，然后用她的新手机拍合影。这部手机是她爸妈离婚后给她买的。

她的家变是这两天才发生的事。她和姐姐卡拉还住在这条街上的那座房子里，可她们的爸爸已经搬走了。拉拉说这事儿早有预兆，可是当悲剧真正发生时，她还是免不了伤心难过。我告诉拉拉，她家还算好的，有人比她更惨呢。比如说绯红女巫[①]跟幻视[②]分手时狂性大发，把幻视的记忆全部抹掉，后来他

---

① 绯红女巫：美国漫威漫画公司（Marvel Comics，以下简称"漫威漫画"）作品中的超级英雄，复仇者联盟成员。

② 幻视：漫威漫画作品中的超级英雄，复仇者联盟成员，与绯红女巫曾是夫妻。

们还发现两人生的双胞胎竟然带有魔鬼的灵魂。我想我这番话应该能帮她理清头绪、重新振作吧。我知道学校里许多小孩的父母都分开了，但在我看来，这种事其实也有它积极的一面。虽然我绝不希望我的爸妈分道扬镳，可是乔治·巴顿的父母离婚时，他得到了一台平板电脑，拉拉则获得了一部闪闪发亮的新款智能手机……看来，离婚和高端电子产品这两者是紧密相连的。

拉拉安排星主和其他人再合影一张，可是这三位超级英雄小伙伴和瑟奇都没留意到我的缺席。这当然不难理解，因为我就站在这群人当中，言语幽默、魅力无限。那人就是我！可他并不是真的我！

我人生中最大的愿望就是成为超级英雄，如今我的愿望实现了！正确的愿望，正确的人选，只可惜弄错了宇宙！这事儿真古怪。

“这事儿真古怪！”卢克二号说，“喂，说你呢，卢克二号！别傻傻地站在那里发抖！你在模仿电子的振动吗？快过来跟大家一起玩吧！”

他竟敢明目张胆地叫我“卢克二号”？！太过分了！他不想想他身处的这个宇宙是属于谁的？“如果我是量子场中的一粒电子，我可以在任意时刻同时处于两个不同的地方，”我冷笑着说，“所以我既站在这里不动，不参加你们的庆祝会，又在同一时间走到你们那里，跟你们一起玩。”

大家顿时陷入了沉默。我觉得他们是对我的精彩回答佩服得五体投地。

“嘿嘿，你现在差不多就是这样子了。”星主说完，咧开嘴哈哈大笑，露出两排闪闪发亮的白牙。他那个维度的牙膏明显比我们的先进多了。

“你就炫耀吧。”我低声嘟囔着，愤愤地朝他们走过去。

“你站这儿，”拉拉命令道，“你也是，瑟奇，我要拍大合影，一个也不能少。”

我挤到那堆人旁边，然后拉拉举起手机，准备拍一张仰角的集体自拍照。

“别站太近，卢克二号，”星主警告说，“你和我一定要小心点，千万别碰上。我们共存于同一个维度，这种做法已经把现实扭曲到极限了。我们俩就好比物质和反物质①——我当然是物质。所以，为了现实世界的安全，请你跟我保持距离。”

这一点我早就料到了。无论是在动漫还是电影里，这都是一个大难题：万一物质与反物质发生接触，通常会导致宇宙毁灭，或者是别的同样严重的后果。

咔嚓！快门声响起，拉拉拍好照片，马上检查效果，

---

① 反物质：各种粒子的关键性质都被反转的一种物质形态。当等价正反粒子相遇时，双方都将湮灭，以辐射形式释放出与它们联合质量相当的能量。

“不错！”

星主伸手来拿瑟奇托盘上的小吃，“哪怕是轻轻碰到对方一下，也会导致恒星坍缩[1]、宇宙毁——哎呀！”

他的脚在自己的斗篷上绊了一下，竟然跌跌撞撞地朝我扑过来。我本能地张开了双臂……接下来的一幕便是我和他紧紧地拥抱在一起，手臂都箍到了对方身后，连两个一模一样的鼻子也顶住了。

“啊！”瑟奇惨叫一声，手中的托盘滑落在地，发出哐当一声。“世界末日要来啦！在我咽下最后一口气之前，我必须把心底最真切的感情说出来！”他一边擦拭着眉毛上的冷汗，一边转头对拉拉说，“拉拉·李，也就是传说中的暗翅女侠，有一件事我必须对你坦白！在星光最后一次消失在夜空之前，请允许我向全世界大声宣布，我——爱——”

突然，星主发出一阵笑声。瑟奇的爱情宣言戛然而止，就像一艘星际邮轮撞上了一座太空冰山。

“不好意思，”星主装模作样地说，“我实在憋不住了。”

我一把将他推开：“一点也不好笑！你怎么能拿世界末日开玩笑呢?!”

---

① 坍缩：指在恒星生存期的某一阶段，由于燃料耗尽而导致的恒星的物质在引力作用下向内塌陷的过程。

扎克想装作不赞同星主做法的样子，可是他的脸怎么也板不起来。

“这……不是世界末日要到了吗？”一个带着法国口音的细小声音弱弱地问道，仿佛瑟奇正在不断下沉，而我们这条救生筏上并没有他的位置。

星主拉直了斗篷：“今天还不是世界末日，兄弟。”

接下来是一阵令人尴尬的沉默，只听见从音箱传出的与瑟奇同名的那个歌手的歌声。

瑟奇弯腰去捡撒落一地的小吃，拉拉也帮他收拾残局。我发现这两人都在刻意避开对方的目光。

“我认为现在是时候告诉各位我此行的目的了。”星主大步走到房间中心，“我需要帮助。”他郑重宣布。

“嗯，你来对地方了。”我很高兴终于有用武之地了，“我们是围巾特攻队，也就是‘超级英雄秘密联盟快速反应部队’。我们专门——”

“不，我不是需要你们的帮助。”星主打断了我的话，眼睛直勾勾地盯住扎克，“我只需要你的帮助。”星主把双脚分开与肩同宽，双手叉腰说道，“我的世界危在旦夕！只有把我俩的超能力合二为一，才有可能击败邪恶的‘吞噬天地怪戈尔贡’！”说着他朝扎克伸出一只戴着手套的手，“跟我来吧，小星侠，帮助我拯救我的世界吧！”

扎克扯着自己的一只耳朵："这个，呃，当然可以，绝对没问题。只是你能稍等一下吗？我还有考试呢。虽然只是模拟考……"

简直难以置信！我狠狠地瞪了我哥一眼。堂堂一个超级英雄，怎么会表现得这么窝囊呢？蝙蝠侠看到空中的蝙蝠标志时，绝不会说："哦，请稍等，我快要完成这幅拼图了。"

"我可以等。"星主说。

"你可以等？"我脱口而出。

"是的。"星主挥了挥手，"那个超级大怪有三十层楼那么高，而且本身也拥有超能力。所以我们不能贸然扑上去就打，我们需要时间做周详的计划。而且根据我最新的情报，戈尔贡也在他的秘密基地招兵买马。他一时半会儿还没准备好，起码要等到……"他瞥了扎克一眼，目光中带着问询的意思，好像我哥会知道似的。

"星期六？"扎克试探着说。

星主坚定地点了点头："没错，我们就在星期六一早出发。"

"可是你会错过爸爸漫画书店的开张庆典。"我说。

扎克耸了耸肩："错过也没办法呀。难道还有比拯救世界更重要的事吗？"

"有啊，就是你的模拟考试。"我低声嘟囔了一句。扎克提前就修读了数学、物理和化学。他是一个超级爱炫耀的学霸。

“如果你想参加开张庆典的话，”星主说，“那我们等庆典一结束就走，应该还有足够时间赶回去打败吞噬天地怪戈尔贡。”

听他说这话的语气，仿佛他正在讨论的是上游泳课的事儿，而不是对付一头吞噬世界的怪兽。

“你有把握吗？”扎克说。

星主又点了点头：“我们花越多时间去制订作战策略，就越有胜算，对吧？”

两位超级英雄相视一笑，正式拍板，马上开始制订作战计划。

“我飞翔的时候脑子会更清醒。”星主说，“飞吗？”

就这样，两人一纵身就飞出了树屋，只扔下我们三人相顾无言，还有一屋吃剩的小点心。太典型了！虽然星主样子像我，说话也像我，可是他那股讨人厌的劲儿，简直是我哥的翻版！

·3·
两条路

“星主真聪明，对吧？”现在已经是欢迎会结束后的那个星期一，瑟奇和我正在学校里。虽然星主害他在拉拉面前丢脸，可是看来他已经原谅了星主，又回归了“兴奋小粉丝”的常态。“你试着站在他的角度想。”他说。

不会吧？我皱起眉，盯着我最好的朋友。

“哈，不好意思。”瑟奇一边说一边从口袋里掏出一包水果软糖，“可是你想象一下你自己就是星主，要对付邪恶的吞噬天地怪戈尔贡。那个敌人可厉害了，四处都是他的耳目。”他停顿了一下，接着说，“我不是说他浑身上下长满了耳朵和眼睛——那应该算是一种特别恐怖的变种人，不，我的意思是他有极其完善的情报网络。”

“我懂你意思。”

“那么你怎样才能用计谋战胜这个无所不知的敌人呢？你上哪儿去招募盟友呢？答案就是：去一个完全不同的宇宙！他这个策略简直是神了！你觉得呢？”

我心里当然赞同他说的，可这并不意味着我非要大声说出来不可！哪怕星主的计谋再妙，我也不会给他呐喊助威的！

“这种妙计也只有你才能想出来。”

想不到瑟奇会突然夸我，我忍不住笑了。他是我最好的朋友，最近却总在喋喋不休地吹捧我那个来自不同维度的分身，我听了感觉怪怪的。现在听他说这话，可见他并没忘记星主和我其实是两个不同的人，我心里觉得好受了一点。可是……我们分明就是同一个人嘛……唉！这量子物理的那些东西怎么那么乱呀？我觉得头都痛了。

“可是你真的相信吞噬天地怪戈尔贡那一套吗？”面对一个这么恐怖的全球性威胁，星主竟然没有一点紧迫感，马上要火烧眉毛了还那么放松。而且这怪物的名字听起来蠢蠢的，我好像很久以前听过，现在无论如何也想不起来了。“那怪物起的什么破名字呀？我敢打赌，他肯定不会真的把天和地都吞进肚子里！”

瑟奇沉思了片刻，说：“有这样一种可能性，他自称‘吞噬天地怪戈尔贡’，并不是因为他拥有某些与这名字相对应的超能力，而纯粹是因为这外号够吓人。有很多类似的例子，比如说毁灭博士，他虽然号称博士，却从来不会为了去研究所上班而中断他的邪恶计划。要吃水果软糖吗？”说着瑟奇递给我一包糖，我拿了一颗。

“星主这人太自以为是了。”我一边嚼着甜甜的水果软糖一边说，“要是换作我有超能力……”说到这里我与瑟奇的目光相接，突然泄了气，因为我们已心照不宣：真正有实力接下半句的人已经有了，那位仁兄此刻正在我的树屋里呼呼大睡呢。星主暂时在我的树屋里落脚，不会被别人发现。我借了一把家里的备用钥匙给他，好让他能溜进去上厕所。就算被爸妈碰见，他们也会以为星主就是我。

学校铃声响了，我们拖着沉重的步伐向下一堂课的教室走去。菲比·沃伦从我们身边走过，一边走一边抚摸着一只豚鼠。她身后的爱德华·加利亚尔拿着一个玻璃盒子，里面有一只竹节虫。这个星期是学校宠物周，教学楼变成了一个动物园，吱吱、汪汪、喵喵和咔嗒咔嗒的声音此起彼伏。我现在没有宠物，上一次养宠物是在六岁那年，那是一只小沙鼠。我还记得它长了一身白棕相间的毛，眼睛周围有一圈黑斑，就像戴着一个超级英雄面具。我给它取名叫韦恩，还把我过生日时得的零花钱全部花在它身上，给它购置了转轮、爬梯、隧道和宠物动力车。我要把它训练成沙鼠世界里的蝙蝠侠！我还希望它能长生不老并有一双激光眼。我真的很怀念韦恩。

我们在一个楼梯口停了下来，里面便是科学楼的走廊。“一会儿你去店里帮忙吗？”我问瑟奇。

我说的“店”是指水晶漫画书店。这家店以前的老板叫克里斯托弗·塔尔博特，他本来是个大坏蛋，后来改邪归正，牺牲自己拯救了地球，临别时还把这家书店送给了我。他的本意是好的，可实际上他留给我的是待付的三个月店面租金，以及一屋子实际所有权已经归了银行的漫画书。我爸跟巴克莱银行谈妥了，现在正在装修店铺，这个周末就要隆重开业了。所以我得抓紧每一分钟去店里帮忙。

“当然了。”瑟奇答道，“要不我还能去哪儿？”

“我以为你想跟星主玩儿呢。”

“我确实打算午餐时去看看他。”他拍了拍鼓鼓的书包，“我带了一份红酒炖牛肉，还有一瓶1984年的红葡萄汁。”

于是我们约好放学后碰头，然后我去上英语课，瑟奇去上一个小时的物理课。还上什么物理课？物理学的所有基本原理都已经被我树屋里的那位房客全部颠覆了，所以对这门学科里的东西，我现在深表怀疑。

英语课也不见得比物理课更牢靠。今天这堂课教了一首诗，那诗人好像姓“冻僵”还是“结霜”，①反正就是冷的意思。我

---

① 指Robert Frost，罗伯特·弗罗斯特，美国著名诗人。他的姓Frost有“霜冻”之意。

觉得这首诗讲的是一个人在树林里迷了路。诗里并没有交代他是怎么迷路的，他是被放逐到一个偏远的星球，在那里被一群外星猎人追捕？还是他是一个患了失忆症的王牌间谍？诗里写得挺模糊的。反正他走到一个分岔路口，必须选其中一条路。我们的英语老师波尼克先生问班上的学生，那人有没有选错路。我说如果这是电子游戏的话就无所谓，因为在分岔路口会有存盘点，如果选错了就回去再玩一遍呗。

但是我意识到，电子游戏和这首诗完全不是一码事。

我的思绪飘到了星主那里，然后我又举起手补充说：要是你在一个量子场中，那么实际上就有两个你，所以可以同时走两条路。波尼克老师完全没想过这一点。

不知道星主在树屋里过得怎样。我给他留了一摞漫画书，可是他说这些书他都看过了。他还说，他们那儿的漫画书和我们这里一样，除了超人——在他们那里，超人是一只土豚。我说那超人岂不是应该叫“超土豚”？星主听了一个劲儿地笑。于是我知道，我又一次被他耍了。从量子物理的角度看，你确实是可以自己耍自己的。

下课后，我与全班同学一起奔向教室大门。这时身后有人叫我：“喂，卢克，兄弟。”

我扭头一看，只见乔什帕·坎正在人群中左穿右插，向我靠过来。以前他总是抓紧一切机会折磨我，可是自从他发现我跟他的偶像暗翅女侠是好朋友，他对我的态度一下子就不一样了。我猜乔什[①]是想让我把他介绍给他的偶像。

“去吃午餐吗，表弟？”他问道，两眼睁得溜圆。

这又是一件烦心事！最近乔什的某个表亲跟我的某个表亲结婚了，于是我惊恐万状地发现，我和他突然变成了远房亲戚。“呃……”我支支吾吾地不知怎么回答才好。我本来是要去餐厅跟拉拉碰面的，她想跟我讨论一些关于围巾特攻队的重要事宜，所以我当然不想乔什缠上我。

“太好了！”乔什说，“我和你一起去！”

说完，他伸出一只手，紧紧地钳住我肩膀，推着我出了教室，沿着走廊向前走。他就像保镖似的，大声吆喝着让前面的人让路，甚至把躲避不及的同学推开。走到餐厅，我甚至觉得就算我让他为我试吃验毒，他也会答应的。嗯，今天的肉饼看起来不太新鲜……

哐当！乔什重重地把午餐托盘摔在我们旁边，然后拉开一张座椅。“他来干什么？”拉拉低声问我。我只能抱歉地耸了耸肩，看来我们的“围巾会议”得延期了。

乔什把椅子拖到我身边。“怎么样，卢克无敌大恐龙，”他凑上来压低声音说，“最近有没有经常去见……那位呀？”

---

① 乔什是乔什帕的昵称。

“你是说暗翅女侠吗？”

“嘘！”他伸手往身后虚指了几下，“我不想让满大街的人都知道！”

拉拉假装在玩手机。乔什当然不知道拉拉就是暗翅女侠，可是其实如果他仔细想想，他就会发现拉拉和暗翅女侠从来没有同时出现在同一个地方——很多超级英雄的身份就是这样暴露的。幸好乔什这家伙并不是一个观察细致的人。事到如今，有一件事是肯定的：我在这顿午餐之内是不可能摆脱乔什了。

“她尊称你为‘指挥官’呢！”他小声说，“还说你是那个什么特攻队的首领，叫什么来着？手套特攻队？”

“是围巾特攻队！”我纠正他说。上次我们为了拯救地球，要执行一个事关生死的终极任务。正当我们在一间高尔夫俱乐部里准备出发时，被乔什碰见了。他知道的太多了，所以成了一个安全隐患。如果我们是另外一种组织，比如007的死对头魔鬼党，我们会邀请他参观我们的海底总部，然后一拉机关，他就会掉进一个大鱼缸，里面全是饥饿的食人鱼，这样我们就可以把他干掉了。但可惜我们既没有海底总部，也没有一大缸食人鱼。有一次我去了镇上一家卖热带观赏鱼的商店，我问店员，他们店里有没有什么东西能在一分钟之内把一个中等身材的十一岁男孩吃光。店员用一种有趣的眼神盯着我，然后企图向我兜售一条孔雀鱼。

“对，对！就是围巾特攻队！”乔什兴冲冲地说，“喂，前几天晚上有飞碟，你看到了吗？”

“呃……没看到。我肯定是没注意。”

“你怎么可能没看到呢，兄弟！那飞碟就像彗星那么亮，看起来好像准备在郊区附近降落呢。你们那个围巾什么队，不是应该调查这类事件的吗？”

“也许吧。”我答道。

他重重地一巴掌拍在我背上，把我拍得都快要窒息了。“太好啦！我们今晚去捕猎外太空来的小绿人[1]，怎么样？”

我好不容易才喘过这口气来。“乔什，围巾特攻队是一个秘密组织，里面的成员都是经过严格筛选的，只有超级英雄才有资格参加。不好意思。”我说。

看来乔什不太习惯被拒绝。只见他两个大鼻孔猛地张开，一下子把手里的酸奶盒子捏爆了：“那他们怎么会让你参加呢？嗯？你又有什么特别呀？”

我这是自作自受，自己把话给说死了！我不能飞，不像我哥拥有一大堆超能力，我也不能像拉拉那样指挥一只超级听话的松鼠替我跑腿。我甚至连当超级英雄助手的资格也没有，因为通常那些助手自己就有些超能力。我确实是没有一点点过人之处呀！幸好，瑟奇在我最窘迫的时候出现了。他一屁股坐在我身边，脸

---

① 小绿人：这里是用电影《外星人 E. T.》里经典的绿色大头外星人形象来指代外星人。

上露出惊慌的神色。

“史蒂夫！”乔什吼道。瑟奇一来他就分神了。

刚开学的时候，乔什听错了瑟奇的名字，以为他叫史蒂夫。一直以来都没人纠正他，直到这一刻。

“他叫瑟奇。”拉拉说，语气很平淡。

“不可能！你别闹了。”乔什说着，很友好地搂住瑟奇的脖子，还用拳头顶住他的脑门，“他就是史蒂夫，史蒂夫，史——蒂——夫——！”

瑟奇很想说点什么，却被乔什这招温柔的锁颈制住，一个字也挤不出来。

拉拉转过身来，正面冲着乔什，狠狠地瞪着他说：“放开他！”

顿时，餐厅里出现一阵小小的骚动。许多宠物听到暗翅女侠的声音，纷纷从主人怀抱里挣脱出来，跳到地上。

“好吧好吧，疯眼妹子。”乔什把座椅往后一推，站了起来，“我又没打算伤害你男朋友。一会儿见，史蒂夫。”然后他用一根手指指着我，眯起一只眼睛，好像在用狙击步枪瞄准似的，“还有你，卢克表弟，你那个俱乐部我参加定了！”

“我回头给你发一张申请表。”我一脸假笑地说。哪来的申请表！就算有我也不给他！

拉拉坐在瑟奇身边：“你没事吧？”

瑟奇揉着脖子："没事，还多亏你帮忙。"

这两人深情对望着。

"乔什不是真的要把你勒死，"我说，"我觉得他是在用他特有的方式来表达对你的喜爱之情。"

拉拉吧嗒一下嘴，表示反对。

我给瑟奇倒了一杯水，沿桌面推给他："你来这里干什么？我以为你要带着超级美味的牛肉汉堡去拜见星主呢。"

"对呀，这本来是我的原定计划，可是刚才我注意到了另外一件事。"

"什么事？"

"艾薇·奥利弗、蓓拉·科伊和奎恩家那对双胞胎，"瑟奇喝了一口水，"他们凑在一起说话，我无意中听到了。原来校园里流传着一个关于小星侠身份的传言，说他是我们学校的学生。"

"就这个呀？"这些都只不过是老生常谈罢了。自从小星侠出现以来，布罗姆利镇的每所学校不时就会出现传言，说小星侠的另一个身份是他们学校的学生。

"你没明白，"瑟奇挪了一下椅子，说，"他们说小星侠是你哥！"

·4·
禁区里的太空沙鼠

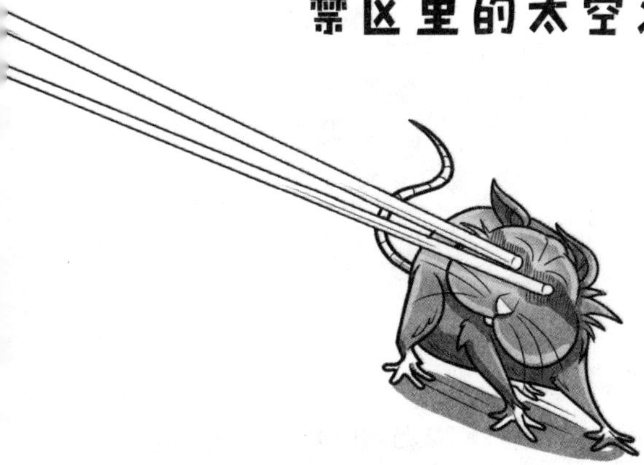

“这简直是一场灾难！”扎克坐在书桌前，双手捧着脑袋说。

当天下午，我在学校图书馆深处一个特别黑的地方找到了我哥。过道上落满了灰尘，墙角笼罩在阴影当中，在这里，就算你看到一群翻白眼的小幽灵正站在儿童恐怖小说专区旁边合唱恐怖歌曲，你也不会觉得惊讶。

“灾难倒不至于，”我用最温柔动听的声音说，“这只是一个小风波罢了。”我停顿了一下，“充其量算是一个有可能带来严重后果的小风波。”

“你在说什么呢？”扎克一脸疑惑地看着我，“我是说这个。”他面前的书桌上摆着一份足足有五厘米厚的打印文件，扎克黯然地用手弹了一下那份文件的封面："我要给小星侠做一次风险评估。"

"什么是风险评估？"

他翻开第一页，读出里面的一长串小标题："每次行动有什么具体危险？每次行动可能以何种方式殃及哪些人？哪些措施是必需的？"他仰头长叹一声，"这里面有上千条问题，我躲也躲不掉，因为这是镇议会制定的政策！"

"可你又不是镇议会的雇员。"

"虽然不是，可我的小星侠标志安置在市政府的楼顶，我必须拿到许可证才能在市内飞行，我的读心术和心灵感应能力还得根据《数据保护条例》进行登记。"

说完，他又埋头继续看那沓文件，嘴里还嘟嘟囔囔的。我把学校里关于小星侠的传言一五一十地告诉他。他一边听一边绞尽脑汁地回答一个由四部分构成的、关于导致行人滑倒的各种危险因素的问题。

"唉！这回真是好极了！"他用手捏着鼻梁，好像头痛欲裂似的，"也就是说，除了填这堆烂表格，我还得应付学校那帮指手画脚、冷嘲热讽的小孩！要是他们当中有一个突然福尔摩斯附体，发现传言原来是真的，那可怎么办？"

"这是不可能的。"我说，"说你是小星侠，谁会信哪？"

“为什么没人信？”他怒道。

“我敢肯定，这流言很快就会自己平息的。”我连忙转换话题。

扎克叹了一口气，放下手中的笔说：“你知道吗？也许我应该马上跟星主走。也许在他那个世界里，人们会真心感谢我所做的一切。”

扎克明显是厌倦了小星侠，也就是他自己肩负的责任。“可是做超级英雄不仅仅是从着火的大楼里营救孤儿那么简单呀。”我提醒他说。

扎克从座位上跳起来，穿上运动衣。“我不明白为什么人们老是拿这件事来举例。我当超级英雄也有一阵子了，可我连一个孤儿也没碰上过。”他把风险评估文件夹在手臂下面，“你跟拉拉谈过没有？你没邀请她参加对抗吞噬天地怪的任务，她很生气。”

“我？”

“不是这个你，我是说另一个你。”

拉拉中午想跟我讨论的肯定就是这件事。“为什么星主不叫她呢？”我问。

扎克匆匆忙忙要离开：“我不知道，也许在他的世界已经有一个暗翅女侠了吧？”

奇怪！换了是我，要招募超级英雄去对付超级大怪，帮手当然是多多益善才对呀。

“我要去找卡拉了。”扎克说。

卡拉是拉拉的姐姐，也是扎克疯狂暗恋的对象。她本来有一个交往多年的男友：“维京海盗”马蒂亚斯。万幸的是，最近发生了一起“邪恶机器人替身冒充卡拉招摇撞骗”的恶性事件，导致卡拉与他分手了。扎克以为这回可以乘虚而入，取代马蒂亚斯——不是取代他做维京海盗，而是取代他做卡拉的男朋友。不幸的是，在卡拉心中，扎克只是一个举止略显古怪、排队拿午餐时老是在她身后出没，还定期帮她补习物理的同学兼邻居。

扎克拐过一个弯后就消失了。我孤零零一个人站在原地，突然闻到一股炸薯条特有的香气！图书馆里是严禁吃东西的，也就是说，有人悍然违反校规！我很好奇是何方神圣如此大胆，有心想结识一下。于是我按照鼻子的指引，顺着走廊向前走。快到走廊尽头的时候，突然有个人影冒出来挡住我的去路。我大吃一惊，连忙停住脚步。

那人虽然背对着我，可我一眼就看出来了，竟然是星主！而且他还穿着我换洗的校服，也就是说他溜进我房间了！这个浑蛋！

“你在这里干吗？”我低声说，“你是在跟踪我吗？要是被别人看见怎么办？”

“嘻，没事儿的。你看这个！”他往侧面让开，只见他面前的空气一边颤动一边闪出亮光，有点像沙漠中路面上的热空气。那股阴魂不散的炸薯条气味在这里变得愈发浓郁，仿佛是麦当劳变成厉鬼在这里作祟。奇怪的是，空气中颤动的光斑只有很小一块，呈不规则形状，直径只有几厘米。

“啊？那是什么？”我问道。

我一下子就想到了，这其实是现实世界中出现的一个“差错”。星主试探着用一根手指朝着那块光斑伸过去：“我猜这是——”

我眼前突然一花，有东西从那个洞里激射而出，还发出吱的一声。我急忙向后跳开。

“——一只沙鼠。”星主这才把下半句话说出来。

一只小动物在铺着油毡的地面上滑行，刨动几只小爪子拼命减速，好不容易在我脚边停住了。只见它一身白毛，上面带着一些棕色花纹，眼睛周围有一圈黑斑，就像戴着一个超级英雄面具。

“韦恩？”星主和我异口同声地说。

我俩一起蹲下，仔细端详这只疑似我的——我们的——原来的宠物的小家伙。

“我刚才正好想到你了！”星主对韦恩说。

我刚才也想到了韦恩！可是不可能我一想它，空气就会突然裂开一个口子，它就会从洞里飞出来呀！“这不可能是韦恩，对吗？”

沙鼠抬起蒙着面具的脸与我们对视。在那一刻，我觉得它好像能明白我们说什么……突然，沙鼠眼中射出两道红色的激光，擦着我的右耳飞过，击中我身后的书架，把上面一本书的书脊射穿了两个小孔。

我看得出来，韦恩一击不中，立刻调整脑袋的角度，马上就要来第二发。如果我不赶快采取对策，就会惨遭这只激光眼沙鼠的毒手了。

“停！”我吼道，“滚开！”

韦恩根本就不理我。

在电光石火的一刹那，星主用心灵遥感超能力笼罩住那小家伙，一下子把它凌空抬起来，扔回那块朦胧的光斑里。韦恩顿时消失了，只留下一个沙鼠形状的小孔飘浮在空中。一声长长的吸气声过后，连这个小孔也不见了。

接下来是一片死寂。星主喃喃自语：“不可能……”从他的反应我可以断定，刚才发生的事同样大出他的意料。

“卢克？”

我猛地转身，只见拉拉就站在过道里。她瞪着我，一只脚不住地拍打着地面。

“你在自个儿跟自个儿说话吗？”

我往身边瞥了一眼，发现星主竟然不在了。他当然不是像沙鼠韦恩那样凭空消失，他只是趁着拉拉还没走近，一闪身躲在了距离他最近的一个书架后面。我知道他为什么要避开拉拉：还不是为了对抗吞噬天地怪的任务！这是帕克家超级英雄的典型做法：把苦差事都扔给我！

“你听到我说话了吗？卢克！你要——”

“你是想问星主的事儿吧？我也不知道他为什么不让你参加那个任务。你跟他说过吗？”

“我就是要跟你说！”

“我和他又不是同一个人……”唉，这话讲了也白讲。

“哼，我是不会放弃的！我也是超级英雄，我和小星侠一样，都有资格参加任何形式的拯救世界的任务。他为什么要排挤我？我告诉你吧，就因为我是个女孩子！”

“我觉得不是……”

她环抱双臂：“就凭这事儿我就可以把他告上法庭！”

“你往哪儿告去？超级英雄就业特别仲裁法庭吗？”

“卢克·帕克，你在逗我玩吗？！”我还来不及反应，拉拉继续咄咄逼人地说，“反正我就是要参加这个任务！你身为围巾特攻队的指挥官，该怎么做，自己看着办吧！”

“这个，我……没问题，我去办。”我说，“我一定照办。”

她用可以杀人的目光瞪了我一眼，然后转身迈着大步走开了。她走到过道尽头的时候突然停住了：“对了，还有一件事，你必须跟瑟奇谈一下。”

“谈什么？”

拉拉很不自在地扭动了一下：“你懂的。”

我不懂。

“你这人烦死了！”她一边摆弄着袖子一边说，“就是他那份搞错表白对象的永恒真爱呀！”

哦，那事儿！“我觉得他不是说真的。”我答道。在我看来，那件不幸的事情，要是能轻描淡写地遮掩过去，对每个人都有利——其实，主要是对我有好处。“他当时以为世界末日要到了，所以才这样说的。”

拉拉皱起眉头：“这是他告诉你的吗？”

在一瞬间，我把这个问题的所有答案都斟酌了一遍，决定采用一个虽然不是百分百真实，却能干净利落地结束这次对话的答案：“是的。”

“哦……”奇怪的是，拉拉看起来似乎很受伤，我也不知道为什么。

★★★

“一只沙鼠?!”瑟奇大惊道。

“不是随便一只沙鼠，”我说，“是我的沙鼠韦恩！”

现在已经放学了，瑟奇和我正在去漫画书店的路上——我们要去帮忙筹备开业庆典。一路上，我把在暗黑图书馆里发生的怪事一五一十地告诉了瑟奇。

“当时我们两人都想起了小时候的宠物，然后嗖的一下，像变戏法似的，韦恩就出现了。嗯，也不完全是韦恩，应该算是加强版的韦恩吧。我小时候一直希望它能变成这样一只有超能力的宠物。还有，星主看起来和我一样吃惊。”

“我猜你后来尝试过复制这个现象，对吧？”瑟奇问。

这还用问？他当我是什么人？我整个下午啥也没干，一门心思就想让这件事再发生一次。在一节体育课和连续两节数学课上，我都把注意力集中在韦恩那儿，想象着它那胖嘟嘟的小身子，希望能够再次把它召唤出来。“但什么也没发生。”我沮丧地说，“也就是说，让韦恩出现的不是我，而是星主。”

“没错。可韦恩是从哪儿来的呢？”

这问题我思索了整整一个下午，最后总结出一个理论：“在星主的宇宙里，他就是得到了超能力的我，对吧？这么说来，会不会在另外一个宇宙里，韦恩没死，而且还如我所愿，变成了一只超级沙鼠呢？”

“也就是说，你在图书馆见到的是一个虫洞！”瑟奇总结说，“或者更准确地说，是在宇宙这张大布上撕开的一个沙鼠洞。”

这样解释就完全说得过去了。瑟奇就是靠谱！无论遇到多么古怪的事，他总能做出最精准的分析。

“所以星主有能力跨宇宙召唤沙鼠。”瑟奇若有所思地说，“我只能说，这个超能力挺小众的。”

“如果他能召唤的不止沙鼠呢？”我说，“在漫画里，有些超级英雄能够扭曲时空，在不同宇宙之间建立通道，甚至创造一整个宇宙。”星主这个奇特的超能力让我觉得很紧张。飞行、护体力场，甚至心灵遥感，这类超能力都是直截了当、没什么隐患的，可是在宇宙里扯开一个洞，就像非要插手一些我们本就不应该碰的东西！这时，我们转进了高第街。“我在想，他到底还能把什么东西招来呢？”我说。

·5·
对着小星侠许愿

卢克二号要上一节体育课，接着是一连两节数学课（我们发现我俩不但眼耳口鼻上上下下里里外外都一模一样，甚至连上课时间表也相同）。趁着他在课堂上煎熬，我回了一趟宜家家居。沙鼠韦恩神秘地出现在图书馆，这件事在我脑海里激起了无数疑问，希望飞船主机能够为我解答。

店里静悄悄的，没过多久，那间跨维度的卧室里就只剩下我一个人了。我坐在驾驶座变成的沙发里，飞船的计算机立刻认出了我，于是所有系统马上激活。

"开始自动诊断。"依然伪装成一盏浅褐色克拉伯床头灯的飞船主机瓮声瓮气地说。看来一切都很正常，飞船以最佳状态等待我在一周后带着扎克踏上归途。这里的一切是那么简单、美好，我会好好珍惜在这个世界里的每分每秒。愚蠢的卢克二号根本不知道，他能够拥有这一切是多么的幸运！

我留意到这里跟上次相比发生了一点变化：卧室的一堵墙上贴着印满了各式各样电脑图案的墙纸，对面墙上挂着一系列著名电脑的黑白照片，床上则换了一套以计算机为主题的床单和枕套。

“我很欣赏你的设计。”我对飞船主机说。

床头灯从红色变成绿色，表示发现问题了。“燃料耗尽。”主机郑重宣布。

这可糟了！“飞船用什么燃料？”

“可怖合家扑豆。”主机答道，“这是一种半种植半合成的燃料。这种燃料只有一个产地，卡斯比恩星系①的特罗鲁克斯星球。”

这回不是糟了，而是完蛋了！

“那我怎么给飞船加油呀？难道让我直接走进一个加油站，跟老板说买一袋子什么恐怖合家欢豆子？”墙上挂着一台超薄电视，飞船主机在电视上显示出那种豆子的名字，我的舌头像打了结，好不容易才说出那个古怪的外星名字：“可怖合家扑豆。”

我刚刚说出这个名字，整间卧室突然震动起来，仿佛成了狂

---

① 卡斯比恩星系：Caspian System，经典科幻游戏《质量效应》中的星系。

风暴雨中的一叶小舟。“警报！警报！”飞船主机发出刺耳的声音，“空间维度出现异常！”

我面前的空气开始抖动，就像有一颗石子击碎了池塘平静的水面。在一圈圈波纹中心出现了一个黑色的小洞，还伴随着吸气的声响。而且，我又闻到了炸薯条的气味！这简直就是图书馆那一幕的重演！

“危险！危险！”飞船主机尖叫起来。

这次会出现什么呢？另一只激光沙鼠？或者是更可怕的东西？

噗的一声，有东西从小洞里飞出来，在我脑袋旁边掠过。我用心灵遥感把这东西抓下来放在我掌心：一颗紫色的小豆子。

“可怖合家扑豆。”飞船主机宣布。

不会吧?！“这是你做的好事吗？”

“不是。”

自从图书馆事件发生后，我脑海里就有一些散乱的念头，在这一刻，一个想法终于成形了：“是我干的吗？”

还没等飞船主机回答，只听见一阵噼噼啪啪的声音，越来越多豆子从小洞里飞出来，很快就铺满了整片地板。豆子喷泉持续了一会儿，然后慢慢变少……当最后一颗跌下来的时候，那些豆子已经没过了我的脚踝。

“燃料状况评估中。”飞船主机说。经过一轮复杂的运算，主机补充道："可怖合家扑豆足够把油箱加满。"

我找到一个蓝色的宜家购物袋，开始把地上的豆子装进袋子里。就在我忙着收集这些珍贵燃料的时候，店里突然响起一阵嘎吱嘎吱的巨响，仿佛有一千个睡美人在一千张科帕达[1]床上同时翻身。地面在震动，架子也在颤抖，摆放在架子上的饰物纷纷跌落在地上。接着还是那一下熟悉的吸气声，仿佛有人穿着长筒雨靴在泥泞的沼泽里蹚水前行。最后，那个神秘的小洞也消失了。

"好了，主机，快告诉我这是怎么回事？"我捧起满满一捧豆子，"这些豆子是怎么来的？"

床头灯闪个不停，飞船的超级智能计算机絮絮叨叨地说开了。它是在详细解释虫洞诞生背后的科学原理。以下是我们这段对话的精华摘要。

主机："同一个人的两个分身……维度裂缝，……完全霍金……不可知。"

我："你的意思是，我和卢克二号本来是不应该碰面的，对吗？现在同一个人的两个分身聚在一起，结果两人之间产生了一种奇怪的力量。这种力不是原力[2]，而更像是一个磁场，却比磁

---

① 科帕达：宜家家居中售卖的床的品牌。

② 原力：force，是科幻电影《星球大战》系列作品中的核心概念。原力是一种超自然而又无处不在的神秘力量，是所有生物创造的一个能量场，同时也是绝地武士和西斯尊主追求和依靠的关键所在。

场古怪得多。”

主机：“量子力学身……古怪，太空中的……不可知。”

我：“多亏我有这么厉害的超能力，才能把这个古怪磁场的能量发挥到极致，让我能够把物体，比如可怖合家扑豆和激光沙鼠，从别的宇宙拽到我们这个世界里！”

主机：“肯定叠加概率沙鼠振幅恐怖海森堡。”

我：“每次我隔空取物，就会在空中形成一个会发亮的类似小洞的物体，所以那些洞其实是连接其他宇宙的通道。简直是神奇呀！你想不想详细解释一下这些通道的工作原理是什么？”

主机：“不想。”

这简直太棒了！我想起在有些故事里有人能够实现三个愿望，而我得到的远不止三个愿望，而是无穷无尽多个宇宙里面的所有愿望！“嗯，下一个要什么呢？”我思索着，“雷神之锤？美国队长的盾牌？还是——”

“请问这款床头灯有红色的吗？”一个声音问道。

我抬头一看，说话的是一个络腮胡子修剪得整整齐齐的黑框眼镜男，他手里竟然拿着那盏超级电脑伪装成的床头灯！

“呃，不好意思，我不是这里的工作人员。”

“哦，知道了。”他停顿了一下，却依然站在原地不动，“可是请问，这款灯有红色的吗？”

有些人就是烦人！现在我只要一动心念，就能召唤来终极抹除者[1]，把这人从现实中删除，甚至把认识他的人的脑子里关于他的记忆也全部抹掉。可是我并没有这么做，我只是朝卧室边缘一个摞满了盒子的储物架指了一下："在最顶层。我记得有一款叫什么'青金石'，和奥提尔系列的坐垫套很配。"

那人终于走开了。

坐垫套？唉，要是有一款性价比奇高的坐垫套能把我世界里的种种难题全部解决，那该多好呀！我瞥了一眼斯沃塔[2]双层床，心中一阵剧痛。扎克以前就有一张双层床，有时候他会允许我在他房间里过夜（当然是我睡下铺）。想到这里，我不禁长叹一声。跟我面临的难题相比，吞噬天地怪根本就不算什么。不过我的苦衷又有谁会了解呢？

---

① 终极抹除者：漫威宇宙中的终极毁灭性武器，可以毁灭一切。
② 斯沃塔：宜家家居中售卖的床的品牌。

·6·
小星侠老爹

“我已经猜到星主的邪恶计划了！”从学校回家的路上，我向瑟奇和拉拉郑重宣布。

“他有一个邪恶计划吗？我怎么不知道？”拉拉说。

难道她精神不正常了？“他当然有一个邪恶计划了！要不然他来我们的世界干吗？”

“呃，来招募小星侠帮助他对抗一个可怕的敌人嘛。这是他说的呀。”

“对啊，对啊，对啊，你说的我当然知道！可是你不觉得很可疑吗？他就这样平白无故地突然冒出来，然后和扎克变得如胶似漆。”我一边说一边将中指绕在食指上。

“你敢肯定这不是绿眼怪作祟？”瑟奇问。

“什么？你说绿巨人吗？”

“不！我是用绿眼怪比喻嫉妒心理。星主的确老是和你哥在一起。”

确实，在过去几天里，星主抓住每一个机会博取扎克的好感，与扎克混得越来越亲近，而我却只能眼睁睁地旁观。扎克不是在为模拟考复习就是忙着和星主商量对付超级大怪的战术策略，我跟他聊天总是超不过五分钟，可他却有无穷无尽的时间预留给星主。每天扎克一放学，那两人就躲在树屋里商量运用何种超能力去抵御吞噬天地怪。而且他们开会的时候甚至不允许我留在我自己的树屋里！实在是太过分了！他们根本就不需要围巾特攻队的协助，可是瑟奇源源不断地给他们送吃的，他们倒老是不客气地照单全收。只有一个人能让扎克心甘情愿撇开星主不管，那个人就是卡拉。

我们来到了汽车站。拉拉要坐162路公共汽车去镇另一头她爸爸的新家，不过那辆车还有几分钟才到站。

“怎么样，你们到底想不想听一下我的高见？”我问道。

拉拉和瑟奇于是充满期待地等着我揭晓这个惊天大发现。

“星主计划着取代我的位置！”这事再明显不过了，我怎么早没发现呢？太可恶了！“他阴谋要夺走我的人生！”

拉拉皱起眉头：“呃……好吧，可是为什么呢？”

虽然拉拉有时候特别聪明，可是有时候脑筋却不太好使。

“因为邪恶分身就是专门干这个的呀！对吧，瑟奇？”我说。

瑟奇点头道：“在目前的情况下，邪恶分身夺走善良分身的人生，这确实是最标准的坏蛋操作流程。因为正邪双方出奇的相似，于是邪恶的一方就利用这一点欺骗大伙儿，连好人最亲近的朋友也会上当。”他突然倒吸一口气，向后倒退一步，“要是他已经把你换了，那该怎么办？”

“你质疑得很有道理！”我赞道。

拉拉举起双手。“胡说，一点道理也没有！简直是荒谬至极！”她长叹一声，“我想弄明白，你是说，星主宁愿放弃他自己世界里的绝对精彩的超级英雄人生，来换你这个连数学考试也差点不及格的绝对平凡的学生身份？”

“这个嘛，当然了，可你这么说我——”

“我没有别的意思。可是卢克，你到底有什么是他想要的呢？”

“好多东西呀！”

“比如说？”

我绞尽脑汁地想，从我们的漫画书藏品想到期中考试成绩……事实上，星主和我拥有的东西基本一样，唯一的例外是一件鸡毛蒜皮的小事：他拥有超能力，而我没有。

“还有，图书馆的沙鼠洞事件和他的卑劣图谋又有什么关系呢？”瑟奇问。

对啊，还有这件事呢！“行了行了，也许现在我还不知道每块拼图应该摆哪儿，可是我终究会弄明白的。哼，到了那一天，要是你发现这是一幅恐怖拼图，可别怨我！”

“除非到了那一天你早已经被取代了。”

“是的，不过这种情况暂不考虑。”

拉拉的公共汽车到了，于是我们各奔东西：拉拉去她爸爸家，瑟奇回自己家度过一个“蛋奶酥之夜”。我回到家不久就去厨房帮妈妈摆桌子准备晚餐。爸爸还没从漫画书店回来，随着开张日期越来越近，爸爸留在店里的时间也越来越多。本来他和妈妈在同一家保险公司工作，后来他被裁员了。用拉拉的话说，爸爸成了“沉员”①。这次拉拉用的词还挺形象的，因为爸爸失业后确实沉沦了一段时间，天天躺在沙发上什么也不干。不过那段日子已经成为历史，今天的爸爸在店里忙个不停，像一位统率三军的将领，指挥着装修工人干活。他请了三个艺校的学生——悉尼、莱拉和贾瑞德，来画一幅小星侠的壁画，还经常提出各种意见，那几个画画的都要被他烦死了。店里还设置了一个暗翅女侠宠物角，爸爸经常去那里玩兔子。看到他重新振作，我很欣慰。事实上，自从上次我不小心把他手提电脑的电源插头弄短路以来，这是他第一次变得这么有活力。

---

① 应该是“冗员”，拉拉又说错了。

前门传来咔嗒一声，几秒后，爸爸大步走进厨房，两手各拿着一件红披风。

“好了，我已经决定了，我要做超人。可是我还没想好要做‘地球二号超人’还是‘赤子超人’。”

爸爸决定在开业那天举行动漫人物模仿酬宾活动，顾客只要打扮成超级英雄或者超级坏蛋，就能在第一笔交易中打折，同时获得书店赠送的限量版天劫，也就是差点毁灭地球的那颗小行星的碎片，送完即止。爸爸在书店的密室里发现了一堆石头，我推测是克里斯托弗·塔尔博特用小行星碎片做实验剩下来的。[①]

“你呢？”他问妈妈，“扮神奇女侠怎么样？”

妈妈做了个鬼脸：“他们还没研制出能把我塞进神奇女侠服装里的塑身衣呢。”

走廊尽头又传来了前门开关的声响。接着，扎克气喘吁吁地跑进了厨房，他身边还有一个人：卡拉。不久前，我曾近距离观察卡拉单枪匹马在外星母舰上打游击，不但把那里闹了个天翻地覆，还严重扰乱了外星人侵略地球的计划。[②]卡拉确实是一位奇女子，难怪扎克对她死心塌地。

扎克兴冲冲的，就像一枚点燃了的烟花。“我们本来应该在

---

① 有关天劫及克里斯托弗·塔尔博特的故事详见本系列图书第一册《我的哥哥是超级英雄》。

② 有关卡拉的故事详见本系列图书第二册《我的老师是外星霸主》。

卡拉家里学习的，可是她妈妈又约了读书会的书友在这个时候碰面。我们怕吵，所以就回来这儿了。还有，卡拉能在这儿吃晚饭吗？”

卡拉困惑地看了扎克一眼：“我还以为我们只是复习物理功课呢。”

“当然是复习物理功课。可是吃完饭再学习，不是更有劲儿吗？”扎克连说话的声音都变得怪怪的。

爸爸和妈妈对望了一眼。

“卡拉，很欢迎你留下来吃晚饭。”妈妈说，“不过恐怕今天的晚餐简单了些，只有比萨和蔬菜沙拉。”

扎克把几根手指放在唇边，发出吧的一声：“哈！意大利那不勒斯的经典美食！太棒了！”

“比萨和沙拉不是冰岛发明的吗？”我说。

扎克迈着小步走到餐桌旁，拉开一张椅子：“您请。”

“呃……谢谢。”卡拉答应着，坐在椅子上。

“如果我有女儿，一定给她取名叫卡拉。”妈妈一边说一边把比萨递给卡拉，“多好听的名字呀。”

卡拉正想礼貌地说谢谢，却被扎克拦住了话头。

“你知道吗，卡拉也是一个小岛的名字。那个小岛属于苏格兰海域的内赫布里底群岛，岛上的风景美得让人沉醉。还有，cara mia在意大利语中是‘我的爱人’的意思。哈，我又说意大利语了。”他哈哈一笑，“我也许还会突然开口唱一段咏叹调呢。”

扎克已经完全失控了。要是我什么都不知道的话，一定会说卡拉看扎克的眼神就像是在看外星人。可是我亲眼见过卡拉遭遇外星人时的勇猛表现，所以我知道这个比喻是不准确的。

“卡拉也是女超人的名字。”我也凑个热闹，“不过她的名字是Kara，不是Cara。”

“小家伙，我不是很清楚超级英雄的故事。”她说。卡拉老是叫我“小家伙”。

“可是你跟小星侠有过近距离接触。”爸爸说，“在公共汽车站发生的那一幕很经典嘛。”

爸爸并不知道我们在苏-邓纳姆外星母舰上面的经历，①他说的是卡拉和小星侠第一次相遇时的情景。那是许多年前的事情了，卡拉从一辆失控的公共汽车上摔下来，被小星侠救了——他的第一件英雄事迹就是救公交车上的乘客，那经典一幕后来被印成海报，流芳百世了。②

“有件事挺好玩的，你们知道吗？”卡拉说，“当时他抱着我，我们距离很近很近，我朝他兜帽里瞄了一眼，觉得他有点眼熟。”她又朝扎克瞄了一眼，“你们听说过那个传言吗？”

---

① 相关情节详见本系列图书的第二册《我的老师是外星霸主》。
② 相关情节详见本系列图书的第一册《我的哥哥是超级英雄》。

不好!

“什么传言？”妈妈问。

“人们说小星侠是我们学校的一个学生，而且不是别人，正是——”说着卡拉用手上那块三角形比萨的尖角指着扎克。

餐厅里一片死寂。片刻之后，爸爸和妈妈突然哈哈大笑。

我留意到扎克的嘴巴发疯似的在动：先是向前噘着，一副欲言又止的神情；瞬间之后，他的嘴角突然向上翘，硬是挤出一脸笑容，跟着爸爸妈妈一起发出充满怀疑的大笑。

“扎克？扎克是小星侠？！”比萨碎屑从爸爸嘴里喷出来，“卢克，你能想象吗？你哥？超级英雄？”

“呵呵，太可笑了。”我喃喃地说，不敢接触扎克的目光。扎克是爸爸的长子，而我们却不能把扎克的秘密告诉他，其实真的很可惜。这世上没有谁会比我爸爸更愿意当“超级英雄的父亲”了。问题是他肯定会当过了头，转头就去买个大杯子，在上面印上“小星侠老爹”的字样；参加家长会的时候还会穿一件T恤衫，上面用闪亮的大字印着“是的，小星侠就是我儿子”。

爸爸用手抚弄着扎克的头发说：“哎，儿子呀，如果你真的是小星侠就好啦！要是小星侠能在我们书店开业庆典上露一下面，你知道这有多值钱吗？”

扎克的假笑一下子就消失了。他问：“值多少钱？”

其实他和我已经讨论过小星侠出席开业庆典的可行性。我建议他在书店上空绕几个圈，同时在脚上系一个烟幕弹，就像英国皇家空军红箭特技飞行队在空中拉烟一样。可是扎克否决了我的提议。

“卢克，你仔细想想，”他说，“一家漫画书店开业，小星侠为什么要出席捧场？就算不是邪恶天才也能看出这里面有蹊跷！接下来呢？我的身份肯定会曝光。”

虽然小星侠的出现有巨大的促销作用，可是我知道，扎克是对的。

我爸妈听了“扎克就是小星侠”这个传言之后都乐坏了。他们这样的反应有一个好处：完全消除了卡拉的疑心。晚餐顺利进行，餐桌上弥漫着走神的目光和不自然的笑声。在扎克眼里，卡拉说的每一句话都那么风趣，她的每一个小动作都那么迷人。他不停地为她的玻璃杯里添水，还不时仰头发出一阵歇斯底里般的傻笑。我很奇怪，因为据我观察，卡拉也没做什么特别的事，只是吃的意大利辣肠比萨比别人多点，吃的沙拉只相当于别人的一半。扎克的举动让我很烦躁，因为我要告诉他一些极其重要的事情，而他总是心不在焉的。

晚餐终于结束了。卡拉坐在客厅里，准备开始补习物理，而我却把扎克堵在了堆满脏碟子的洗碗池前。我们曾经有一个洗碗机，可是爸爸企图把它改造成自动晾碟架，结果就把它给毁掉了。所以现在是扎克洗碗，我负责擦干。

“卡拉真是个了不起的女孩子，对吧？”扎克赞不绝口。

了不起？她吃比萨时的饭量倒是挺了不起的。虽然我也很欣赏卡拉，可是我现在没心情听她的事。在扎克继续谈论她之前，我连忙岔开话题：“我觉得星主没有把全部真相告诉我们。”

扎克漫不经心地耸了耸肩：“一个超级坏蛋对他的世界形成威胁，他需要我帮忙，就这么简单，你还想要别的什么真相？”

“这个……他起码应该多给点细节吧。你总不能就这样贸然跟着一个陌生人跑去另外一个宇宙吧！”

“可他并不是陌生人，不是吗？”

“你到底要我再说几遍？他不是我！也许我们在生命中的前十一年算是同一个人，可是自从他获得超能力之后，一切都改变了。”

扎克将一把餐刀用水冲干净，然后抛到沥水板上：“你只是心存嫉妒罢了。”

“我当然心存嫉妒，可这并不意味着我是错的！不信我们就把事实摆出来验证一下。在所有漫画和电影里，只要有分身出现，那个分身必然是邪恶的。没有例外，一个也没有。”

扎克皱起眉：“你也知道，严格来说，这不算是‘事实’，对吧？”

我掰着手指数起来："他是邪恶的分身，他有超能力，所以他一定是超级坏蛋！我不明白你为什么觉得这事这么不好理解！"

"你这话也未必没有道理。"我没想到扎克竟然会这样回答，"以前我试过忽略你的意见，却在最后关头——有时候真的是最后一分钟才发现你一直都是对的。"说着他递给我一个还在滴水的碟子，"这么说来，星主到底是怎么回事？让我猜猜，他是想干一票惊天动地的跨维度银行大劫案？哦，不，等等……这事和某种极其不稳定的异星物质以及一系列海底火山有关？或者这是典型的'用蜜蜂控制全世界'的阴谋？怎么样，你有什么看法？"

用蜜蜂控制全世界？他到底读了些什么书呀？扎克说的这些和我的想法根本是八竿子打不着。其实我只是心中隐约有一种直觉。"他在学校图书馆跟一只激光沙鼠打起来了。我认为是他在时空里撕开了一个缺口，把这只沙鼠召唤来的。"我说。

"好厉害的超级坏蛋！"扎克做了一个挖苦的鬼脸，"现实中的蕾丝·卢瑟①。"

我哥真的认为那个与超人缠斗了一辈子的超级天才罪犯莱克斯·卢瑟的名字叫"蕾丝"？我有时候真的很绝望。"那个沙鼠

① 超人的死敌应该是莱克斯·卢瑟，扎克因为不熟悉超级英雄漫画，所以把莱克斯记成了蕾丝。

洞又怎么解释？你总得承认那件事有可疑之处吧？”但我还是不死心。

“算了算了，这样吧，”扎克一边说一边把粘在最后一个碟子上的奶酪刮掉，“星主和我打算星期六出发，等爸爸漫画书店的开业庆典一结束就走。你必须在那之前找到真凭实据。”他把洗碗刷子放下，“我得走了，卡拉在等着呢。”说完他就匆匆出了厨房，一边走还一边哼着暗黑比利[①]的歌。他特意哼了一首不热门的歌，好让自己显得更有个性。

我的任务很明确：星期六下午，在爸爸抽出动漫人物模仿比赛获奖者之前，必须给我哥提供一些确凿的铁证！呃，这只是比喻，那些证据不一定非用铁铸造不可。时间不多了，我决定马上就去当面质问星主。

---

① 暗黑比利：卡拉喜爱的流行乐歌手。详见本系列图书第一册《我的哥哥是超级英雄》。

·7·
震颤

我在我自己的卧室里找到了星主，他正懒洋洋地趴在我床上看一本《神奇蜘蛛女》。他的斗篷在他背后展开，一起一伏的，仿佛还在空中迎风招展。他从漫画书后抬起头看了看我，然后咧嘴一笑：

“嘿，卢克！”

我瞪着他：“你疯啦？你在这儿干吗？”我能听见爸妈在楼下的脚步声，“要是爸妈看见我们俩在一起，那该怎么办？”

“不好意思，”他压低声音说，“我很想在自己的房间再待一会儿，希望你别介意。这里有那么多小时候的旧玩意儿。”

他这话太无礼，我气坏了：“小时候的旧玩意儿？你现在长大了，不再玩这些幼稚东西了是吧？在你的世界里，你已经把这些都扔了吗？”

“呃……不是，当然没扔。只是……在树屋里住一个星期会让人改变许多。还有，树屋那儿挺冷的。”

我跟星主的这次较量并没有出现我想要的局面。他又一次占得了先机，我反而陷入了被动防守的境地。不行，我得想办法扭转局面，让事情回到正轨。

“你在图书馆救了我，我一直没机会说谢谢。要是没有你，我就被那只激光沙鼠害死了。那样的话，我的墓志铭一定会很奇怪。”

“不用客气。你有没有刚好在扎克面前提起我这件壮举呢？”

我点了点头，星主顿时面露喜色。看来他很希望扎克知道他做过的好事。

“看到他成为超级英雄，我觉得挺有趣的。”他说，“在我的世界里，在左邦到达之前他就已经离开了树屋。如果他一直待在那儿，事态的发展就会完全不一样了。”

“哼，在我的宇宙里，事情就真的不一样了！”我恨恨地提醒他。

我本来以为星主会摆出一副得意扬扬、不可一世的样子，但是他没有。事实上，他看起来竟然有点悲哀。他虽然不像蜘蛛侠亲眼看着绿恶魔[①]把蜘蛛侠的女朋友从桥上扔下去摔死时那么凄凉，却也显得相当阴郁。一秒钟后，星主似乎回过神来，干笑了一声。

“说到这儿我想问一下，谁会把自己叫作‘小星侠’呀？这是什么乱七八糟的名字？”

啊？这名字是我想出来的！

“这类什么什么‘侠’、什么什么‘人’的叫法，都是二十世纪的古董了。你说对吧，卢克？”

“呃，没错。”我不得不赞同。“小星侠”这个名字确实挺老派的，而“星主”这个名字深得后现代超级英雄命名学的精髓，堪称引领潮流走在时代前沿！为什么当时我没想到这个名字呢？我不得不承认，星主这个超级英雄做得真称职。其实我不应该觉得意外，因为毕竟他就是我。自从我翻开第一本漫画书以来，有一个问题一直缠绕着我。现在是时候了，我一定要把这个问题说出来！

“拥有超能力是一种什么感觉？”我问道，“扎克试着给我描述过，可是你也知道，他对超级英雄那些事儿一窍不通，他甚至以为超人最害怕的东西是新秀丽旅行箱呢！[②]”

---

① 绿恶魔：漫威漫画作品中的超级反派。

② 超人最害怕的其实是氪元素（Kryptonite）。但扎克记错了，还以为是Samsonite，即新秀丽牌的旅行箱。

我看得出来，他正在思考着答案。“感觉特别棒。”终于，他回答道。

“这算什么答案？我要详细描述，我要你的深刻见解，我要了解最细微的质感！也许你忘记了以前是怎样的感觉，忘记了做我是怎样的感觉。我永远被困在这个普通人的躯壳里，不能随时换上一套酷酷的超级英雄服装飞出去拯救世界。可是你能啊！每天下午三点十五分放学，我就从学校走回家。而你呢？你愿意的话，可以飞回家，回家前还能先绕到阿尔卑斯山看一眼。可我不行啊！每个人都在指挥我，妈妈、爸爸、老师……我没有超能力，我甚至不能选择自己喜欢的墙纸！可是你呢？你干什么都行！”我终于一口气吼完了，有点上气不接下气。

“你说的对。”他说，“就算用全世界来交换我的超能力，我也不愿意。”

一个人能经历的最兴奋刺激的事莫过于获得超能力了，奇怪的是，星主谈起这件事时，却好像一点也不兴奋。

“我愿意付出任何代价——”我说。

他一下子打断我的话：“不，有些代价是你不愿意付出的。”他的嘴角耷拉着，“拥有超能力的感觉其实很差劲。这个负担太沉重，就算是我最痛恨的仇敌，我也不忍心把这个担子压在他们身上。”

奇怪的是，他这话说得很诚恳，可信度非常高。我仔细端详着他悲伤的脸，难道影帝级的演技也是他的超能力之一吗？“你这样说只是为了让我心里好受点，是吧？”

他咧嘴一笑：“当然了。”

呸！我就知道！我早就知道拥有超能力是世上最酷的事！太不公平了！为什么这样的好事要发生在那个我身上，而不是发生在这个我身上呢？

“我知道你在想什么。”他放下漫画书，然后站起身来。我们就这样站在一起，分明就是超级英雄变身前和变身后的两个造型。“我们俩也别再绕弯子了，你一直认准了我是你的邪恶分身，就好比我是血蜘蛛①，你是蜘蛛侠；我是憎恶②，你是绿巨人。”

“你是杀手蛾③，我是蝙蝠侠。”我补充道。

星主点了点头表示欣赏。“说得好！飞蛾洞，飞蛾车，还有，别忘了飞蛾信号灯！”他若有所思地拍了拍斗篷，“你有这样的怀疑很正常，换作我处在你的位置，我也会有同样的想法。所以我们必须想办法消除疑虑、达成共识，让你确信我是一个好人。你应该盘问我。”说着，他拿起我的霹雳火④台灯照着自己

---

① 血蜘蛛：漫威漫画作品中的反派人物，蜘蛛侠的死敌。
② 憎恶：漫威漫画作品中的反派人物，绿巨人的死敌。
③ 杀手蛾：美国DC漫画公司（Detective Comics，以下简称“DC漫画”）作品中的反派人物，蝙蝠侠的死敌。另外，下文中提到的飞蛾车、飞蛾洞与飞蛾信号灯都是杀手蛾为模仿蝙蝠侠而设置的。
④ 霹雳火：漫威漫画作品中的超级英雄，神奇四侠之一。

的脸，“问我什么都可以。”

“你爸妈不会发现你失踪了吗？”

“他们以为我去参加学校组织的长途旅行了。”星主答道，“他们以为我这时正在德文郡的一个多功能探险基地努力建立自信和自尊呢。”

“哦，就是有温水游泳池和滑雪坡道的那个活动中心吗？”在我的宇宙，我的学校也会组织同样的旅行，“我爸妈不会让我参加的，因为他们要省钱开店。”

“唉，真惨！”星主说，“我们的父母有时候真的很扫兴，是吧？你有没有发现，每次过生日我们都想要一件很酷的礼物，可每次他们都是送——”

“——鞋子！”我们异口同声地说出来。然后我俩对望了一眼，一起哈哈大笑。

“而且还不是像火箭靴那么有型的鞋。”他补充道。

“要是他们送火箭靴还差不多。”我附和了一句，随后马上就住口了，因为我突然想起来，我正在正儿八经地审问他呢！“你说需要扎克帮忙拯救你的世界，可是跨越维度可不像坐公共汽车去主街那么简单。你打算怎么和他回到你的宇宙去呢？”

“决策人左邦会来接我们。”星主不假思索地答道，“左邦你认识吧？”

“我还没有正式和他见过面，”我实在无法抑制语气中的幽怨，“我们总是难得一见。”

“哦，左邦人很好，你会喜欢他的。”他咧嘴一笑，“一定会的。”

到目前为止，我的审问还没有掀开他的面具！看来该变换一下策略了。

“在学校图书馆，是你让韦恩出现的，对吧？”

他一下子说不出话来。从他的表情我看得出，他正在做思想斗争：要不要把真相说出来呢？

“对，就是我。”

我抓住这一点继续穷追猛打：“我早就知道是你！可是我不明白为什么左邦要给你这个超能力。”

“不是他给的。原来漫画书上写的是对的，一个人的两个分身相遇，就像物质碰上了反物质，只是没那么危险罢了。看来我和你在一起的时候，我们之间形成了一个奇特的磁场，就好比我是北极，你是南极；我是正方，你是反方。”

你是邪恶，我是正义。我心里想道。

“我们的性格里面带着磁性。”这时星主脸上露出欢喜的神情。只见他闭上眼睛，双眉紧皱，好像在集中精神想着什么。

我突然闻到了一股熟悉的气味，不禁皱起鼻子：“薯条……不！星主，你不能在这儿乱……”

太迟了。在卧室的一角，空气出现波纹，随即出现了一个小洞。不过看这个小洞的形状显然不是沙鼠，而……好像是一只脚。

星主的眼睛猛然睁开，与此同时，一件东西从洞里激射而出，在房间里上下翻飞，就像弹珠台里的珠子似的，在墙壁和天花板上弹来弹去。突然，我发现这东西正向我飞过来，心里顿时警觉起来。可是我连蹲下闪避的时间也没有，那东西在我眼中迅速变大，一下子就飞到了我面前，只差几厘米就撞上我的脸了。然而在最后关头，那东西突然一分为二，从我脑袋两侧飞了过去，我觉得我的发型也变成中分了。

原来那东西不是一个，而是一双。

“火箭靴！”我看得眼珠子都要掉出来了。那是一双貌似普通的黑色皮靴，不可思议的是，鞋跟儿上竟然安装了火箭推进器！此刻这双鞋正在我床的上空盘旋。

星主双眼睁得溜圆，目光里充满了惊喜：“你看到我的杰作了吗？”

我还没来得及回答，地板突然开始震动，然后整栋房子都在摇晃。屋外的树枝发出嘎吱嘎吱和噼噼啪啪的响声，就像潜艇外壳在深海中呻吟。霹雳火台灯从床头柜的桌面滑下，掉在地上，闪了两下就灭了。一秒钟后，断路器咔嚓一下跳了闸，房子立刻断电，所有灯光同时熄灭。在黑暗中，我一个踉跄，脚下打滑摔倒在地，还把脚踝给扭了。为了找掩护，我一翻身滚到床底下。这时候，火箭靴再次点火，发出一阵轰鸣声，紧接着是一下撞击声和恐怖的撕裂声。然后震动慢慢变小，世界又恢复了平静，供电也马上恢复，整座房子里一片光明。

我意识到火箭的轰鸣声已经消失，现在把脑袋从床底下伸出来应该是安全的。空气中的沙鼠洞虽然不见了，房间里却出现了另一个洞，我的心咯噔一声往下一沉，原来火箭靴把卧室天花板连同屋顶一起击穿了！洞的边缘参差不齐，露出了破损的石灰板和断裂的瓦片，透过洞口能看见外面深蓝色的夜空。

我的卧室门外传来一阵急促的脚步声，星主不敢逗留，嗖的一下就从天花板上的洞口飞走了。他刚出去，妈妈和爸爸就扑了进来，后面跟着扎克和卡拉。大伙儿确认我没有缺胳膊少腿之后，马上就把注意力集中在那片不太完整的天花板上。我不能把真相告诉他们，而他们也没有逼问，只是埋怨这次怪异的地震把我们的房子震坏了——这样的解释基本可以算半个事实。

“看来你有一段时间不能睡在这个房间了。”爸爸说。

妈妈表示赞同：“我们修屋顶期间，你先搬去扎克的房间睡吧。”

“不行！”扎克抱怨说，“他不能——”

妈妈瞪了他一眼，扎克马上就闭嘴了。妈妈的眼中流露出佐德将军决定毁灭地球时的那种凶光，不过妈妈比佐德将军凶多了。“卡拉，我看你现在应该回家了。”她说，“我需要扎克帮忙搬家具呢。”

我一抬头，正好碰上扎克恶狠狠的目光——我不但要去他房间做一个不受欢迎的不速之客，还害他和卡拉的甜蜜补习提前结束。星主这回真的把我坑惨了。

虽然我在这次较量中没有挖到什么东西，可是有一件事我可以肯定，而且是前所未有地肯定：星主心里确实隐藏着一个阴暗的秘密！他有点儿不对劲：前一秒钟还趾高气扬地说个不停，下一秒钟就变得沉默悲伤。看来我这位超级分身还超级情绪化！

·8·
一闪一闪小死星

爸爸想试着先简单修补一下屋顶，他将一张塑料薄膜罩在屋顶的那个洞上，然后用钉子钉好，其间还不小心把领带也钉上去了。在当天晚上剩下的时间里，我们全家出动，把我房间里的东西都搬了出去，以防半夜下雨被淋湿。扎克很生气，我想跟他解释说这件事不是我的错，可他认准了就是我的错，所以整晚摆出一副臭脸给我看。

我刷牙的时候，心里越想越来气！星主这家伙轻率鲁莽、害人不浅，我一定要去说说他！可我必须等大家都睡下了再去，于是，刷完牙后，我只能朝扎克的房间走去。过去我们睡一个房间时，扎克有时候会让我睡他的双层床（睡下铺的当然是我），我真怀念那些日子。如果情况不像现在这么糟糕，我本来是很期待去扎克房间过夜的。

我上床的时候扎克还没睡。在他那半边房间里，一盏白色的台灯在床头柜上散发着亮光。他的被子是蓝白相间条纹的，上面既没有印着绝地武士，也没有绣着超级英雄，因为扎克从来都不懂得欣赏那些玩意儿。我记得许多年前，爸爸给他买了一个蜘蛛侠枕头，扎克竟然把它塞进衣橱深处，压在一双鞋下面，一压就是好几个月。他这人不懂得欣赏生活中的美好事物，比如漫画书和绝地武士的光剑。尽管我当时只有四岁，但我已经感觉到他这样子很古怪。虽然扎克的行为举止还不至于像听歌剧、饮马提尼酒配橄榄那么高大上，可他确实跟其他七岁的孩子大不相同。

在后来的成长岁月里，扎克一直是这么古怪，这么不合群。我经常请朋友来家里玩，扎克偶尔也带同学回家玩，可那些同学从来不会来第二次。他为人太严肃太认真，好像总是为了什么事在忧心忡忡。具体是什么事我也不清楚，反正他担忧的对象从来不是他自己。扎克就像一座矗立在世界尽头的灯塔，总是热切期盼着所有人都能安全返航。

我记得，有一次我趁着扎克睡熟了，溜出我们的卧室偷偷下楼，无意中听到妈妈和爸爸正在谈论扎克。我当时是要执行一个任务：去地下室改热水器的参数设置。我从小就有一种不可抑制的冲动，无论是按键也好、旋钮也好，只要我伸直一双小短腿能够得着，我都要去按、去转。这种本能在我对付超级坏蛋和外星霸主的时候大大地派上了用场。可也正是因为这种本能，我注定无法成为一个核导弹操作员。我从厨房门前悄悄走过时，我听见爸爸妈妈在厨房里谈话。

“扎克不会有事的。”爸爸说，“我小时候比他古怪两倍都不止，可你看，我现在还不是一切都好？”

妈妈沉默了很久才说：“他和你不一样，他是一个很特别的孩子。虽然卢克也很特别，可是毕竟跟扎克不同。扎克身上有一种与众不同的东西……”

我突然觉得胸口很痛，不是我那次自己作死、一口气吞了爸爸半瓶辣椒酱的那种剧痛，而是一种钝痛。我知道不应该偷听爸爸妈妈谈话，可是我实在不想走开，于是继续站在厨房门外。

“嘿！也许是这样，”爸爸说，“扎克这个名字曾经出现在古代一些神秘的卷轴上，预言说这个人会拯救世界。瞧，他命中注定就要背负这么沉重的包袱，难怪其他小孩都不愿意和他玩呢。”

“你不会是说真的吧？”

他们还在说，可是我决定不听了。我只知道扎克是我生命中最重要的人，我的世界围绕着他旋转。如果他是太阳，我就是水星，它和太阳的平均距离约为五千七百九十万公里，是太阳系中离太阳最近的行星。他既是我最好的朋友，也是我心中最大的痛。他就是我的哥哥。

正在这时，扎克一阵风似的扑进房间。“你最好别打呼噜。”说完他就爬上床，关了灯，拉上被子蒙住脑袋，转身背对着我。

我想跟他讨论一下星主新发现的那个可疑的超能力，问问他对宇宙中出现的虫洞有什么看法。我需要哥哥给我建议。

于是我坐起身来：“你还记得我的沙鼠韦恩吗？”

被子底下传来扎克抱怨的声音：“快睡觉吧。”

一上来就大谈什么跨维度的古怪生物，这也许不是一个好策略，我应该用他感兴趣的话题慢慢引导他。每当我想起我们旧家里的卧室，我脑海里总会出现一个画面：妈妈或者爸爸坐在一个很不舒服的、塞了一点豆子的扁扁的坐垫上，讲故事哄我们睡觉。“你还记得爸爸唱的童谣吗？他改编得可好了！那首《一闪一闪小死星[①]》，还记得吗？”在爸爸改编的童谣里，那些本来让人无聊透顶的老国王和老王后都被换成了神通广大的银河帝国[②]皇帝，黑绵羊变成了黑色行动队[③]成员，三只瞎老鼠原来是武林高手，连老麦克唐纳的农场里也聚集了许多变种怪兽。[④]

---

① 死星：科幻电影《星球大战》中的战斗空间站，其主武器是一门超级激光炮。

② 银河帝国：《星球大战》中的政权，相关创作灵感部分来自美国作家艾萨克·阿西莫夫所著的系列科幻小说《银河帝国》。

③ 黑色行动队：第一人称射击游戏《使命召唤：黑色行动》中的组织。

④ 此处提到的老国王和老王后、黑绵羊、三只瞎老鼠、老麦克唐纳的农场等都是经典英语童谣中的内容。

我开始唱：

一闪一闪小死星，
火力到底有多强。
高高挂在天空上，
喷下烈焰叫人慌。

“这些童谣都是他专门为你改的。”扎克低声说。

我听得出来，扎克的声音里带着一丝伤心。“那是因为爸爸知道你不喜欢漫画和超级英雄，”我说，“而且你根本就不知道歌词的出处和典故。”

“你们俩老是玩这些小圈子游戏。”他继续发着牢骚，“爸爸带你去伯明翰参加动漫展，你们俩背着我偷偷用乐高搭了个死星……还有，你们整天一起做那些超级英雄王中王卡片。”

我记得，那个动漫展超级有趣，我也记得在搭建死星的时候特意修正了散热口的缺陷[①]，可是这些年来我一直没怎么想起那些王中王卡片。那是一个细雨淅沥的下午，我和爸爸坐在厨房餐桌旁，用王中王卡片创造了一个好人和坏蛋并存的世界。我在每张卡片上画出一个人物，列出他的强项、弱点，当然还有他拥有

① 死星散热口的缺陷是设计者故意为之，银河帝国的反对者义军正是利用这个缺陷摧毁了死星。详见《星球大战》系列电影。

的超能力。我给他们取的名字总有些错别字，我把这个游戏取名叫什么来着？我突然想起来了，冲口而出：“英稚与怀蛋。①”

“对，就是这个游戏。我说我也想玩，你还不让呢！”扎克说，“你一听我说想玩你就急了，大发脾气，就和爸爸给我买蜘蛛侠枕头那次一样。当时你只看了那枕头一眼就开始大哭大闹，非要不可。最后我只能把它藏在衣橱里，你看不见就不会闹了。”

我听了很郁闷，因为在我记忆中这事不是这样的。可扎克舒坦了，他终于说出了淤积在心中多年的心事，说完他转过身去，心安理得地睡觉了。我一直等着，直到百分之百确认他已经睡着，我才爬下床，蹑手蹑脚地穿过寂静的房子，走到院子里。

在我前方，树屋在黑蓝色的天幕上留下一个巍然矗立的剪影。这座树屋是在旧树屋的原址上重建的。爸爸妈妈还以为是新买的雷神台灯短路引发的火灾，把旧树屋烧毁了，其实罪魁祸首是一个伪装成电视遥控器的外星炸弹。②于是爸爸在新树屋里装了一个烟雾探测器，那东西可敏感了，哪怕你只做出“烟雾”这个词的嘴形，它也会开始尖叫。我明明叫星主不要引起别人注意，可是现在树屋里仍透出一丝亮光，可见他对我的忠告置若罔闻。我压根儿就不想让他住我的树屋，可是其他人一致否决了我

① 卢克把“英雄”与“坏蛋”两个词说错了。
② 有关旧树屋烧毁的情节详见本系列图书第二册《我的老师是外星霸主》。

的想法。这本来是我的蝙蝠洞，是我的孤独堡垒[①]，是我的义军基地，可是现在我的树屋竟然被一个有超能力的家伙占了。

“你也看到了吧？”我一冲进树屋，星主就很高兴地冲我喊道，“我当时只是想了想火箭靴，然后，哐当一下，宇宙就送了一双给我！”

“你就是个疯子！你把我的房间弄坏了，而且你的超能力还引起了地震！”

“我觉得说地震太夸张了，顶多算是抖两下罢了。”

虽然他说得轻描淡写，可我一点也不觉得安心：“你这种超能力……你确认它安全吗？”

“呵呵，不用几个超大个儿的鸡蛋，怎么能摊出一张跨维度的煎蛋卷呢？”

我强烈怀疑他是在故意淡化这件事不好的一面。在宇宙中撕开一个洞，这事儿听起来像是会有极其严重的后果。到目前为止，星主在跟我的较量中占尽上风，就像开着《星球大战》里面的X翼战机去戏弄“一战”时的英国骆驼式战斗机。我在今天结束之前无论如何也要占一次上风。“我们的审查还没结束呢。”我说。

他张开双臂：“来吧。”

“你为什么不让拉拉跟你们一起去你的世界？”

---

① 孤独堡垒：超人的秘密基地。

他低头看了一下脚尖，然后抬头看着我："她的超能力，这个……呃，有点……垃圾。"

公平地说，我以前也有同样的想法。而且在他的宇宙里，星主显然没见识过拉拉跟外星侵略者战斗时的英姿。

"她有一门绝招，叫'臭鼬大发'，头发的发。"我说。

"真的吗？那挺酷的。"

想当初我几乎被外星霸主害死，幸好拉拉在千钧一发之际赶到，救了我的小命。我把当时的情景一五一十地告诉星主。

"既然这样，"我说完后，他答道，"我被你说服了。暗翅女侠确实应该参加这个行动，超级英雄多多益善，是吧？"

没想到他会答应得那么爽快，我突然觉得自己又一次被对手玩弄于股掌之间。不过至少这回拉拉会很开心。

夜深了。"我要回去了。"我说。走到树屋门口时，我停住脚步回头一看，只见星主正一动不动地盯着我。被自己盯着看，这世界上最怪异的感觉莫过于此。我的所知所想、我在任何一种状况下会做出怎样的反应，这些他都知道得一清二楚。我仔细端详他的脸，希望能从中找到一点蛛丝马迹，帮助我发现他的真正企图。也许他说的是真话，我只是虚惊一场；也许我面对的是一个前所未有的可怕的敌人。

这个敌人就是我——拥有超能力的我。

9

安德勒的游戏[1]

有一个科学术语叫“事件视界”，是指空间–时间中不可逃逸区域的边界，在宇宙中，没有任何东西能从这个地方逃脱。对我来说，事件视界的同义词就是“安得不乐老师的连续两节数学课”。（老师其实姓安德勒，不过老实说，这名字太可乐，我实在忍不住给她起外号。）老师在唠唠叨叨讲解何谓整数的时候，我在下面盯着墙上的挂钟。时间就像神奇先生的手臂似的，能拉长，现在距离下课好像还有十四个小时……我打了一个哈欠。

“卢克·帕克。”安得不乐老师的声音硬是把我从动漫白日梦中拖回了现实。

---

① 此处是作者在调侃著名科幻小说《安德的游戏》（*Ender's Game*）。

“负四十二。”我不假思索地答道。

“答对了。”她话音未落，眼镜就顺着鼻梁往下滑落。

啊？我运气也太好了吧？！“真的吗？”

“假的！”她骂道，“你这数字跟正确答案差远了，八竿子也打不着。”她把眼镜顺着鼻梁推回原处，“昨晚没睡好吗，帕克先生？”

“没有啊，安得不乐老师……安德勒老师！”我挤出一丝笑容，表示歉意。

她狠狠地瞪着我。“去年你哥就上我的课，”安得不乐老师说得停不下来，“他真是一个努力学习的好学生。”

又是这一套！我想，又有人在提醒我，扎克的学业多么优秀，我和他相比差远了。我在心中不禁叹息一声。

“不过他是仗着自己有超能力的优势。”安得不乐老师说完这句话停顿了一下，然后突然爆发出一阵刺耳的大笑。虽然她的笑声让我心神不宁，可是它至少证明了一点：她不相信学校里的传言。

见到连安得不乐老师也拿这事开玩笑，学生们就更加肆无忌惮了。大家开始热烈讨论起来，班里顿时炸了锅。

乔什·坎凑上来低声说：“传言是真的，对吧？”

乔什已经知道得太多了，我必须小心应答才行！“你也见过扎克，你觉得他是超级英雄那块料吗？”我答道，努力做出一副漫不经心的样子，希望能轻描淡写地把他的问题化解。瑟奇告诉过我，这招在法语中叫“blasé”。

怎奈乔什不吃这一套，无论我换成哪门语言，他也不会中招：“你认识暗翅女侠，所以就算我说你认识她的跑腿跟班小星侠，这个假设也是合情合理的。”

跑腿？跟班？呵呵，这笨蛋看的是哪个版本的小星侠故事？

乔什继续说着，我似乎能听见他的脑筋在拼命转啊转：“我猜他也是你那个秘密小帮会的成员，这就能解释为什么你也能入会了。你没有超能力，而且你好像干什么都不行，肯定是你哥让你加入的。”

每当我需要一池子食人鱼的时候，却总是无法如愿。

“好啦好啦，小星侠的话题到此为止！”安得不乐老师拍手让大伙儿安静，“各位同学，现在我们来学点有趣的东西：整数除法。”

★★★

当时间来到公元三千年时，连续两节数学课终于结束了。而与此相比，当天剩下的时间都过得像闪电般飞快。这主要是因为我自己的动作必须快，只有快才能比乔什·坎抢先一步。在跟扎克商量对策之前，我不敢再回答乔什的任何问题了。因为只要我说错一句话，小星侠的身份就会曝光。

我正准备离开学校，突然发现乔什正朝我这个方向跑过来。

糟了，他肯定又想出了一个全新的关于小星侠身份的理论。奇怪的是，他并没有停下来骚扰我，而是与我擦身而过，嘴里还嚷嚷着："小星侠去参加田径队的选拔啦！"

我二话不说，拔腿就跑，紧跟在他后面。这是怎么回事？

我跑到田径场，从人山人海中硬挤过去，一直挤到人群最前面，刚好赶上了比赛的高潮。只见卡拉·李冲在最前面，在最后一个弯道突然加速，把对手们远远抛在身后。她的双臂摆动得呼呼生风，她的膝盖抬得跟耳朵一般高，她的跑鞋仿佛完全没有着地。卡拉风驰电掣般冲过终点，赢了！

我看见扎克在跑道旁，于是向他走过去。他的目光紧紧地锁定在卡拉身上。

"你在这儿干吗？"我问道。

扎克好不容易才把目光从卡拉身上拉回来："你觉得我像是在干吗？当然是参加田径队选拔了。"

"啊？为什么？你哪有时间玩这个？我为了处理围巾特攻队的事务，连乐高俱乐部也参加不了，而你的空闲时间甚至比我还少。"

扎克叹了一口气："你来这儿干吗，卢克？"

他的语气很不友好，可是我不想跟他计较。"我有事要和你商量，因为乔什·坎已经怀疑我们了。"我说，"我说的'我们'，其实是你。"

扎克好像完全没听见我的话，因为他正聚精会神地看着卡拉。只见卡拉和另一位选手一边聊天一边穿过跑道。和她聊天的女孩叫伊茜，因为长了一头金色鬈发，人们都叫她“鬈发伊茜”。

“恭喜你，卡拉！”扎克兴高采烈地喊道，“你跑步的英姿真好看！”说完，他伸直双臂，来了一个开合跳。

两个女孩对望了一眼。

“观众还挺多的，嗯？”扎克蹲下身子重新绑鞋带。

卡拉瞟了数量庞大的围观群众一眼，“嗯”了一声表示赞同。

“经常都有这么多人围观吗？”他问。

“没有。”卡拉答道，“就算是正式比赛也没这么多人看，我们这学校没什么体育传统，以书呆子居多，都躲在图书馆的阴暗角落里呢。”

“那为什么他们突然都来了呢？”扎克问道。

卡拉瞪了扎克一眼，仿佛在质问他：不会吧？连这个问题你也要问？

就在这时，体育老师吹响了哨子。

“好啦，小飞人，轮到你了。”卡拉说，“快去起跑器那里就位吧。祝你好运。”

“没错！”鬈发伊茜不怀好意地笑着，“祝你好运，小星侠！”

扎克的脸颊一下子涨得通红。他转头看着欢呼的人群，终于恍然大悟：这么多小孩放学还不走，并不是因为喜欢看沉闷的田径队选拔赛，而是来为他们的超级英雄捧场。有人拉开了一幅长标语，上面写着几个潦草的大字：“小星侠加油！”

我发现扎克一脸的沮丧——他真的很讨厌这种场合。上一次我见他这么不爽，是因为妈妈不小心把他最喜爱的内裤洗缩水了，即使这样他还坚持继续穿。

在欢呼人群的边上有一个人正在向我挥手，原来是拉拉。这时候，扎克已经和其他选手一起去起跑线那里就位了，于是我朝拉拉小步跑去。通常来说我不爱跑步，无论快跑、慢跑、长跑、短跑都不喜欢，可现在，也许是受到田径队运动员的感染，我竟然跑起来了。

“你怎么知道我在这儿？”我问道。老实说，田径场并不是我的自然栖息地。

“学校的豚鼠看到你往这个方向走了。”拉拉解释道，然后她朝着扎克的方向点了点头，“扎克老想吸引她的注意，看来这次参加田径队就是他的最新努力。”

“吸引谁的注意？”

拉拉叹了一口气：“我姐啊！”

哦，原来他来这里是为了这个。“女孩子都喜欢跑得快的男同学吗？”我问。

“对啊，她们也控制不了自己，这是精华论①。”

精华？精华跟这事儿有什么关系？我迷惑不解地摇了摇头。

拉拉愤怒了：“达尔文的精华论呀，你不知道吗？鱼变成猴子，猴子再变成人。对一个女性穴居人来说，如果一个男性穴居人能追着一头猛犸象飞跑，当然是很有吸引力了。”

“我觉得猛犸象跑得没那么快吧。”

“它们一旦跑起来就快了。”拉拉一伸手揪住我的袖子，“我来这里不是为了讨论精华论，而是有件重要的事要告诉你。”她神秘地补充了一句，然后拉着我走出人群，来到一个没人的地方。

“我也有事要告诉你。”我说，“是好消息哟。”

“可我的是坏消息。”

我俩都犹豫了。

“你先说吧。”她说，“等你听完我的消息之后就开心不起来了。”

这时候，代课老师大声吼道：“各就各位——预备——跑！”男子选拔赛正式开始了。可是因为扎克抢跑，所有选手都回到了起跑线。趁着他们准备重新开始的时候，我把我跟星主的对话原

---

① 拉拉将“进化论”错误地说成了“精华论”。

原本本地告诉了拉拉。

“星主改主意了，你现在可以参加远征队，去另一个宇宙执行任务。我告诉他你的绝招是‘臭鼬大发’，然后——”

“卢克！你答应过我不告诉别人的呀！太尴尬了！不过这事儿已经不要紧了。”她扭头瞥了身后一眼，确保没人在偷听，“关于你哥的传言，我觉得这事有古怪，所以我就去追查了一下。”

在以前的学校，拉拉是校报历史上最年轻的编辑。她曾经说过，与其说她是一个十一岁的小女生，还不如说她是一个潜伏在六年一班的卧底记者。拉拉压低声音说：“知道扎克超级英雄秘密身份的只有几个人。首先当然是左邦了，因为扎克的超能力都是他给的；然后是围巾特攻队的成员；还有克里斯托弗·塔尔博特，他最后一次出现是在外星人的母舰上，然后一眨眼就消失了……”

扎克又一次抢跑了，看来小星侠的传言对他的打击不小。代课的体育老师给了他最后一次警告，再犯规就要取消资格了。

“你觉得是克里斯托弗·塔尔博特泄露的吗？”我深表怀疑，“就算他没有死，也不至于在一所中学散播关于小星侠的传言吧？对他来说，这种坏事太不上档次了。”

拉拉恼火地叹了一口气：“我不是说我怀疑他，你听我把话说完好不好？我是想，要是能找到这个传言的出处，那就能够发现是谁泄露了这个秘密。所以我就四处查问，结果发现是奎恩家的双胞胎从丹尼尔·加斯唐那里听说的，而丹尼尔是从塔利亚·加德纳那里听说的，而塔利亚是从法鲁萨·巴希尔那里听说的，而法鲁萨是从费·麦金农那里听说的，你猜是谁告诉麦金农的？就是你！”

“我？荒唐！简直荒唐！怎么可能是——哦！”我一下子明白了！现在我知道散播谣言的始作俑者是谁了！那天在图书馆我还奇怪为什么星主穿着我的校服四处走呢。现在我知道答案了。

“没错！”拉拉说，“现在的问题是，他为什么要这样做？”

“因为他是我的邪恶分身嘛。”

“这算哪门子答案呀，卢克！”

我觉得这句话其实可以解答许多疑问，可是好像只有我一个人这样认为。

拉拉又开始咬上唇了——每次她陷入沉思时就会有这个小动作。呃……吃花生酱时也会。“我们需要问问自己，星主出卖扎克的秘密，能够从中获得什么好处？他的最终目的到底是什么？”

代课老师按了几下手中的秒表，重新开始进行男生选拔赛。“各就各位——预备——哎哟！天哪！”他仰起头看着天空，眼神里充满了惊奇。在场的所有观众也一起抬头看去，都张大了嘴巴。只见一个戴着面具的人影在明亮的蓝天中飞过，肩上的斗篷随风飘舞。

竟然是星主！

我的分身是有病吗？难道他不懂什么叫“低调”吗？

星主像箭一般从参加选拔的选手头顶掠过，然后调整身体角度，沿着弧形的跑道疾飞。当他从目瞪口呆的人群头顶掠过时，星主用一个超声震波把空气撕裂，将同学们举着的那条巨大横幅震得脱手而出。横幅跟随星主卷起的气流飞上半空，然后缓缓飘下来，落到扎克和其他选手头上。

“小星侠好厉害！小星侠来一个！”人群爆发出喝彩声。

小星侠？他们都认错人啦！根本就没人看扎克，每双眼睛都注视着星主。如果星主停下来给同学们签名，大家自然能看出他不是小星侠，可是现在星主飞得那么快，还穿着跟小星侠类似的服装，两人就很难区分了。

扎克掀开蒙在脑袋上的条幅，咧嘴一笑。

“现在再也没人会认为他是小星侠了。”我喃喃自语。星主这条诡计确实高明！

“可是这件事完全不合理呀。”拉拉说，“为什么他要制造谣言，到头来却又亲手把谣言粉醉呢？”

我敢肯定拉拉想说的是“粉碎”，而不是“粉醉”，可是现在我已经没工夫纠正她了。我目送着星主直冲云霄，消失在茫茫天际。这家伙又一次把我们耍得团团转。他到底有什么阴谋呢？我暗暗下定决心，一定要在今天日落之前把事情弄个水落石出！

·10·
馄饨汤启示录

当晚，我们三人聚集在树屋里，总结早些时候发生的事。

“这回我欠了你个大人情！”扎克紧紧抓住星主的肩膀，兴高采烈地说。正如我所料，田径场上的观众都以为那个在空中飞行破了校纪录的家伙是小星侠。而扎克呢，大家都看见他站在起跑线上，学校那帮小笨孩当然就把他排除在小星侠候选人名单之外了。就这样，那个传言被彻底“粉醉”了。

“只要能帮上你的忙，我就很开心。”星主说。

他说这话时的态度特别诚恳，他把邪恶分身这个角色演绎得简直太到位了！首先，他一手炮制了那个谣言；然后他又亲手把这个谣言粉碎。在我看来，他这样做唯一的好处就是得到扎克的感谢。哼，他在我哥心中的地位突飞猛进，这世上除了火箭靴，就数星主最好了。

“明天漫画书店开业典礼结束后，我们一纳秒也不要浪费。”扎克早上已经完成了模拟考，显得有点失落，“我和你立即出发，打吞噬天地怪一个措手不及！”

我很想告诉扎克，散播谣言的人就是星主，我还想警告他，星主其实心怀不轨。问题是我们连星主的计划是什么也不清楚。万一我的邪恶分身知道我们已经抓住了他的把柄，那么我们唯一的优势也就没了。

老实说，我真的很想戳穿他们俩之间那种手足情深的假象！看他们亲密的样子，只要买两件同款T恤衫，再制订一个年度聚餐计划，就可以注册成立兄弟联谊会了。这几年来，我和扎克怎么都相处不好，可是星主一来就和他如胶似漆。我很不爽！

“好了，有件事我想问一下你的意见。”扎克说。

哎哟，这可真是意外惊喜！这些日子以来，扎克很少征求我的意见。只有在和漫画书有关的事情上，他才会不耻下问，还总是摆出一副臭脸。“问吧。”我答道。

“我又不是问你。”扎克转头对星主说，“你在田径场见到卡拉·李了吗？”

星主点头道：“全靠我的神奇内置星主扫描仪，在场的每个人我都看得一清二楚。”

这人太狂妄了。

扎克开始来回踱步。“我已经看清楚了，卡拉是不会对平庸的扎克·帕克感兴趣的。”说到这里他一下子停住脚步，“所以我在想，要是我告诉她，我就是小星侠……”

“不行！”我脱口而出。

扎克瞪了我一眼：“我又不是问你。”然后他的目光马上跳回房间的另一头，“星主，你怎么看？”

“卢克二号说的对。”星主很不情愿地说。我的邪恶分身至少还明白超级英雄必须隐藏身份这条铁律。

扎克哼了一声：“能不能再解释一遍为什么不行？老实说，做超级英雄是很有型，可是如果我不能用这个秘密吸引女孩子，那还有什么意思呢？”

“那是为了她好。”星主说，“在漫画书里，超级英雄的女朋友通常都没什么好下场。”

“这次你真的应该听他的。”我说，“再说了，卡拉知道你就是小星侠的话，还未必会喜欢你呢。记得在苏-邓纳姆母舰上发生的事吗？她本来还指望小星侠来救她，最后却只能靠自己。你自己说，她对小星侠能有好印象吗？”

“太不公平了！”扎克抱怨道，“按你这么说，我和她就没戏了？”

“在我的世界里，”星主开始说，“你和卡拉……”

星主还没说完，扎克就忍不住插嘴了：“我们……有戏吗？”

星主犹豫了一下："算是吧。"

"什么叫'算是'？"扎克追问。

"就是说，一切皆有可能。"星主打了一个响指，"我有个好主意，你可以用读心术查探一下卡拉的内心，看看她对你有没有感觉。"

扎克很不自在地动了一下。"如果不是紧急情况，我不愿意偷窥别人的内心，尤其不想查探我认识的人。只有当你钻到别人的脑子里去时，你才会知道那人原来有那么多奇怪的想法。"他颤抖了一下，"不管怎么说，这样做违反《数据保护条例》。"他向门口走去，"我们得走了，妈妈和爸爸在等着呢。走吧，卢克。"

星主和我一起跟着他往外走。

扎克笑了。"不好意思，"他对星主说，"我是指另一个卢克。"

岂有此理，在我亲哥哥心里，我竟然沦为了"另一个卢克"！形势越来越严峻了！

扎克走出了树屋。我听见他一边爬下绳梯，一边为自己说错话而哧哧地笑。

"我可没他那么多顾忌。"星主说。他站在树屋深处，一半脸隐藏在阴影中。

"关于什么？"我问。

“关于偷窥别人的内心。”我看到他脸上闪过一丝阴森的笑意，“人们的内心就像一个个乱七八糟的抽屉，你能想象那情景吗？比如说你需要一节五号电池，你知道抽屉里就有一个。可是电池偏偏放在抽屉最深处，前面还有一团毛线球和一卷旧旧的透明胶带。你要伸手去够电池……”说着他从阴影走到亮光下，“你就必然会把里面翻得乱七八糟。”

他默默地端详着我。四周一片死寂，只有树枝敲打树屋发出的啪嗒声。

“你是在威胁我吗？”我说，“可是我得给你提个醒，将来要吓唬人，就别用‘乱七八糟’这样的字眼，因为一点也不可怕。懂了吗？”

“我知道你知道。”他冷冷地说，“你什么也瞒不了我。”

他这么说已经突破了我的底线。我摇了摇手指，警告他说：“星主，不许你刺探我的内心！”

“我根本就不需要刺探你的内心，卢克，”他压低声音，仿佛在咆哮，“我早已在你心里，从来就没离开过！”

哎呀，这可真是挺恐怖的！我开始在心里计算我距离树屋门口有多远。突然，星主哧的一下笑了。

“你真该照照镜子，看看自己现在的模样。”他边说边笑，肩膀不住地抖动，“天哪！我演技太好啦！你喜欢我演的这段‘邪恶分身’的大片吗？‘我早已在你心里’，这句话我用咆哮的方式去演绎，效果很好。你是怎么想的？”

我也不知道是怎么想的。哪个星主才是真正的他呢？是那个把人气得半死的捣蛋鬼，还是那个邪恶的天才呢？我又被他耍了一次。

这时，星主已经恢复了常态。他一下子就从邪恶分身的角色里抽离出来，就像从肩上卸下一个背包那么简单。他走到门口，看着外面的院子和房子，问道：“今晚吃什么？”

我看见爸爸在厨房里，发狂似的从一头走到另一头。就算离这么远，我也知道他是在找车钥匙。

“别告诉我今晚你们又让我吃剩菜。”星主不停地唠叨着，“现在我比吞噬天地怪戈尔登还饿呢。”

“我们出去吃中餐。”我说。

他兴奋地搓着手：“太好了！给我带——”

“——馄饨汤和一份糖醋鸡丁。”我们两人异口同声地说。有些超级英雄是通过心灵感应紧密团结在一起，而我和星主则是通过中餐彼此相连。

等等！他刚才说什么来着？

他说的是“吞噬天地怪戈尔登”！

这个名字在我记忆深处一条尘封已久的走廊里激起了阵阵回响，狠狠地撞击着一扇扇紧闭了许多年的门。在很久很久以前，我听过这名字，可是后来我知道的漫画角色越来越多，这个名字终于被上千个英雄和坏蛋的名字掩埋了。然而就在这一刻，它重新出现了，就像一只僵尸的手突然从泥土里伸出来，一把握住了我的脚腕子。

“你没事吧？”星主问，“你好像见鬼了一样。”

哼，我看见的不是鬼，而是我的邪恶分身！“没事，我一点儿事也没有。”我一边说一边努力调匀呼吸，希望他不会看穿我心中的想法，不会意识到他说错话了，“看来爸爸找到车钥匙了，我们待会儿见。”

“别忘了虾片。”

我手忙脚乱地爬下绳梯，飞奔回屋子。我不敢回头张望，因为如果星主看到我的脸，他就会知道我已经发现他的破绽了。

“卢克，我们出发了，快上车。”爸爸说。他和妈妈正站在楼梯口，我从他们身边飞奔而过。

“我得上趟厕所！”我头也不回地大声答道。然后我听到身后传来爸爸郁闷的声音。

“是我多心了吗？”他低声对妈妈说，“怎么我觉得这小子总是在最不方便的时候去方便呢？”

“我们在车里等你！”妈妈在我身后大声喊道。

这是一个有特殊意义的晚上，因为明天我们家的漫画书店就正式开张了，所以今晚大家要一起出去吃一顿。可是现在我必须马上解开心中疑团，所以只能让满大人稍等一会儿了——我说的满大人不是漫威宇宙里的那个大反派，而是那间中餐馆的名字。

我走到二楼平台，并没有去厕所，而是将一把椅子拖到阁楼门的下方。我跳上椅子拉动把手，打开了阁楼门板。我伸手进去把梯子拉下来，然后迅速爬上了低矮的阁楼。我打开吊灯，光秃秃的灯泡发出亮光，把黑暗驱散，照亮了一堆塑料储物箱。大部分箱子外面都贴着一张写有箱中物品的标签，有的箱子里装着老照片，有的是圣诞饰物，有的是我和扎克婴儿时期的衣服，不知道爸爸妈妈还留着这些衣服干什么。我逐个箱子查看，终于发现其中一个箱子上写着我的名字，看那潦草的字迹是爸爸的手笔。我撬开箱盖，发现里面有一堆没用的破烂：数不清的生日贺卡，多年来我画的无数张画，一沓写满了差评的学校成绩卡。最后我看到了一张我在幼儿园时画的全家福——当时我心目中的家庭成员竟然还包括超级大反派、机器人奥创①！我掀开这张画，终于发现了我要找的东西。

“英雄与坏蛋。”我拿起一沓我和爸爸自制的王中王卡片，低声说。小时候的我，坐在厨房桌子前，给每张卡片里的角色分配超能力，俨然一副迷你版左邦的架势。我翻着那沓卡片，雷霆射手、飞兔侠、神奇哥、拳王……这些都不是我要找的。

---

① 奥创：漫威漫画作品中的超级反派，是一台超级智能机器人。

在这一沓王中王卡片当中有一张真正的王中王！力量：100；速度：100；灵能：100……他的所有参数都是满分，而且威力惊人、坚不可摧，堪称天下无敌。那时候我已经读了足够多的漫画书，知道任何一个稍像点样的虚构宇宙里都必须有一个天下无敌的超级大反派。

找到啦！我用手指紧紧夹住一张已经发黄的卡片，轻声读道："吞噬天地怪戈尔登。"

这张卡片的四个角都已经折了，卡片下方还撕破了一道，正好位于我那个天下无敌超级大反派身上。我的画工竟然相当不错：我把他画成身上肌肉过度发达的经典猛男形象，而他的脸上既没有戴面具，也没有套头罩，整个脑袋就是一个黑洞，黑洞里分布着点点亮光，代表被他吞噬的每一个世界。在这张卡片的其他位置，我的荧光笔总是有画歪了的，可是他的脑袋却画得完美无瑕，仿佛脑袋中心有一股暗黑的力量，把所有墨水吸成了一个天衣无缝的圆形。在阁楼昏暗的灯光下，我看着这个黑洞，不禁全身打了一个冷战。

"戈尔登，戈尔贡……"这也太巧了吧？这两者肯定是同一个怪物。"他不是真的。"我喃喃自语，"根本就没有吞噬天地怪戈尔贡。"我脑海里出现了两个画面：在许多年前一个大雨滂沱的下午，星主和我跟各自的爸爸坐在一起——我和星主之间只隔着一个宇宙。

星主的宇宙怎么可能被一个虚构出来的超级大反派威胁呢？答案当然是不可能了！也就是说，星主捏造了一个虚假的理由，要骗扎克跟他走。这个领悟就像雷神之锤，重重地砸在我心头。

这是一个要加害小星侠的陷阱！

我必须把这张王中王卡片拿给扎克看，这回他肯定会相信我了。我拿起那张珍贵的卡片，突然，一个阴影落在卡片上。我猛地转身，只见星主就悬浮在阁楼门板的上方。

“被你发现了。”他说，“吞噬天地怪戈尔登……”他摇了摇头，“我一说完就知道自己说漏嘴了。”

“我知道你想干什么。”我说。

他轻笑了一下：“你什么也不知道！”

他伸手一指，王中王卡片立即从我指间挣脱，旋转着在空中飞过，一下子落入他的手中。我只能眼睁睁地看着，心中充满了沮丧。能证明星主是坏人的唯一证据已经被他夺走了。

我的邪恶分身缓缓地伸出一只手。“加入我吧，卢克。[①] 只要我俩齐心合力，就能统治无穷无尽的多重宇宙！”然后他“哼”了一声，“我是开玩笑的。”

---

① 此处作者借用了电影《星球大战2：帝国反击战》中的经典台词，是西斯尊主达斯·维德企图策反儿子卢克时所说的话。

·11·
量子马桶之谜

好险！我的全盘计划几乎毁在卢克二号手上了！他逼得我别无选择，我必须除掉他！

不，不是你想象的那种“除掉”，我只是把他关在树屋里罢了。然后我溜进他卧室，以最快速度脱下我的星主服装，换上一条牛仔裤和一件毛衣，然后去车里跟他的——我的——家人会合。

没错，冒名顶替卢克二号，这种做法是有点邪恶分身的意味，无奈当时事态紧急，我只能迅速行动。话又说回来，跟反监视者[1]摧毁整个宇宙、贝恩打断蝙蝠侠的脊椎、章鱼博士霸占蜘

① 反监视者：DC漫画作品中的大反派。

蛛侠身体等大坏事相比，我做的这点小坏事根本就不算什么。

嗯，好吧，我的做法跟章鱼博士霸占蜘蛛侠身体确实有点像。

我们来到中餐馆，找了张桌子坐下来。爸爸心情极好，激动地谈论着明天书店开张的事。妈妈一直注视着他，脸上带着微笑。在我的世界里，我有一段时间没看见他们这么开心过了。一想到这里，我脸上就不自觉地流露出笑容。我把目光从菜单上移开，突然发现扎克正盯着我，脸上带着一种古怪的表情。

“你有什么阴谋？”他说。

“没有啊。”

“那你奸笑什么？我就知道你有阴谋。”

“你们俩！”妈妈开口了，语气里带着驯兽师的威势。

好险哪！从这一刻开始我要加倍小心，千万别不小心露馅了。诀窍在于：我的言行举止要和卢克二号一模一样，比如说他绝不会被父母逗乐。我觉得模仿他应该不会太难，毕竟他本来跟我就长得很像，只是没我厉害。

晚饭后，爸爸坚持要去一家很老的咖啡店买冰激凌——他和妈妈年轻时总在放学后去那里幽会。扎克说那家咖啡店老到简直可以成为考古遗址。妈妈和爸爸手拉着手，分享一杯巧克力水果冰激凌，我看在眼里，竟然一点也不介意他们亲昵的举动。有那么很短的一瞬间，我竟然憧憬着能留在这个世界，与他们永远在一起。可是很奇怪，看着他们这么幸福的样子，我心中竟然思念起了那个被我抛在无数光年之外的家。

这个晚上就这么过去了。我们把车开进自家的停车道。我吃了一肚子中国菜和冰激凌，心满意足地从车里爬出来。

“你去哪儿？”妈妈说，“快回屋睡觉！”

我又忘记了自己在假扮卢克二号，所以习惯性地朝树屋走去。看来这个任务比我预想的要难。

“不好意思，妈妈，我走神了。”我一边说一边很亲热地搂住了她。她对着我笑，神情就和我妈一样。我忍不住想，我叫她“妈妈”时怎么叫得那么自然呢？在遥远的远方，我真正的妈妈是否也在挂念我？

一只冰凉的手摸上了我的前额。

“你没事吧？”

十分钟后，就在我准备钻进柔软的被窝时，我瞄了一眼窗外树屋的剪影。虽然我的计划进展得还算顺利，可是我就这样把卢克二号关在那里，心中还是不免有一丝内疚。等大家都睡熟了，屋子里一片寂静，我偷偷溜下楼，找到从中餐馆拿回来的外卖纸袋。

卢克二号依然待在我囚禁他的地方——树屋里。普通的狱卒会用绳子把犯人的手脚都绑起来，再用封箱胶带把他的嘴巴封住，防止他求救，我当然不需要用这么落后的手段。我用超能力制造了一个隐形力场，把树屋包裹在当中。这样一来，他既不能逃跑，喊声也没人听得见，还不能通过心灵感应向扎克求救。此外，我的力场还隔绝了内外空气的对流。

“这里面又暖和又舒服嘛。”我一边评论，一边打开一个装外卖的纸盒子。卢克二号默默地盯着我。我调侃道：“比你把我扔在这里的时候舒服多了。”他还是一声不吭。“我知道你不会相信，可是我这样把你关起来，心里真的很内疚。得了，我们俩都心知肚明，换了你处在我的位置，你也会这样做的。”

他终于开口了：“你还敢说自己不是邪恶分身？”

“邪恶分身会给你带这些好吃的吗？”我一伸手，把装着糖醋鸡丁的纸盒递给他。

卢克二号往盒子里瞥了一眼，说：“菜都凉了，变得黏糊糊的，我才不吃呢！”

“可是你得吃东西呀！”我说，“见鬼，我说话怎么像妈妈一样。”

“她不是你妈妈！”卢克二号恶狠狠地说。

“这个话题还有待商榷。”我提醒他说，“其实我们争论‘谁是谁妈妈’根本就是吹毛求疵。不过你要吹开的不是毛，而是比毛更小的——原子。”

“哼，那是原子弹。”他反唇相讥，“科学术语叫核裂变。”

“啊哈！我卑鄙无耻的阴谋被你发现了！我千辛万苦地穿越不同维度，就是为了攒一台用来毁灭多重宇宙的终极武器。而引发这台武器的是一系列不可遏制的妈妈连锁反应。”

他瞥了我一眼，眼神里充满惊疑：“真的吗？”

“当然不是真的！”我把虾片从纸盒底下翻出来，然后把外卖纸袋整个递给他。卢克二号冷冷地摇了摇头，于是我自己拿了一片虾片放进嘴里。他只能强忍饥饿眼睁睁地看我吃。

“你要我哥去干吗？”他说，“别跟我说他也是你哥，因为你的哥哥在你的宇宙那里！这个是我的！我知道你想骗扎克跟你回去，可是我怎么也想不通你为什么要这样做。”

“你还是不知道为好。”我不想继续讨论这个话题，所以他刚开始抗议，我就打断了他的话，“请你相信我。”

他发出一声带着讥讽的冷笑。虽然他毫不掩饰心里的不满，可是我依然会善待他。于是我集中注意力，在脑海里想象出一幅画面，然后我就闻到一股熟悉的炸薯条香气，接着是一阵能让地震学家兴奋好一阵儿的震颤，空中又出现了一个洞。我这隔空取物的本领越来越熟练了。上次空间维度发生异常时，飞船主机差点儿烧了一根保险丝，可是它并没有特别警告我不要这样做。反正这样的虫洞多一个也没啥。

只见一个抽水马桶从洞里呼啸而出，扑通一声落在地上，晃动了两下，然后就不动了。

“为你方便着想，”我说，“这个马桶可以正常使用，你用一次就知道了。”最后，我给了他一句临别赠言：“哦，对了，别指望你的朋友来救你，我已经把你们围巾特攻队的例会改期，而且不在树屋这里开，而是去瑟奇家碰头。”

我看到他的脸一下子拉下来，因为我又一次击败了他。我们两人有那么多相同之处，奇怪的是，此刻我和他竟然无话可说。也许在另一种情况下，我俩可以成为好朋友，可是我知道这永远也不可能发生了。这个任务完成后，我会给卢克二号带来无穷无尽的痛苦，他会痛恨我一辈子。我默默地把食物放在地板上，在力场上开了一个洞出去了。

·12·
卢克，冲马桶！

我在树屋里来回踱步。无论星主怎么为自己辩解也没用，谁都能看出来，他就是超级大反派，否则他又怎么会把我的圣地变成牢狱呢？他甚至没有意识到自己的思维已经完全扭曲了，这就是超级坏蛋的典型特征。要是星主穿上一套黑色皮衣，上面印着骷髅或者八爪鱼图案，那他就完全变成一个如假包换的超级大反派了。

要是星主觉得自己比我强，那他可就大错特错了！比这更坚固的监狱也拦不住我！就在不久前，外星侵略者把我关在一个高度设防的数学课教室里，我还不是照样逃掉了？和那个监狱相比，现在这个小牢房简直可以说是和风细雨。和风细雨？我突然意识到星主的力场把外面的气流也隔绝了，所以连一丝风也没有。星主说对了一件事：现在树屋里确实比平时暖和多了。嘿嘿，没用的，无论他怎么挖空心思把我的树屋与世隔绝，我依然能打破牢笼、奔向自由！

折腾了三个半小时，牢笼没打破，我只弄破了一沓全新的A4打印纸的包装。本来我是想用一个设计巧妙的反力场装置来逃狱，不过那个装置需要一个汽车电池、一些烟花爆竹，还有一副雪橇，可这些东西我都没有。我举目四顾，清点一下手头上有什么或许可以利用的东西：一摞漫画书、一包已经打开了的三本装天才牌活页笔记簿、一支绿色荧光笔、几盏不同款式的全新超级英雄台灯、一个烟雾探测器、一些中餐剩菜，还有一个跨维度抽水马桶！要不是万不得已，我不会向那个马桶靠近半步！刚才我往马桶里瞄了一眼，发现里面灌满的不是水，而是一团团来自无穷远处的、不停翻滚旋转的乌云，以及一个个在毁灭前发出最后吼声的太阳。我吓得马上把马桶盖放了下来——我可不想把身体任何一部分暴露在那个古怪的东西面前！

我扯开衣领——树屋里不只是暖和舒适，简直算是很热了。我突然想起，既然气流被隔绝，那么当然就没有新鲜空气能进入树屋了。一个可怕的念头出现在我脑海里：我不是被关进了牢房，而是被埋进了坟墓！要是我把树屋里的氧气用光了，我就完蛋了！虽然我知道这里面到目前为止还有许多空气，可我还是忍不住倒吸了一口凉气。星主意识到他究竟做了些什么吗？我的分身到底有多邪恶呢？不管他是故意也好，无意也罢，反正他现在把我密封在树屋里，就像把吞拿鱼塞进罐头里。

我心头的恐惧越来越强烈，就像一群蝴蝶在我胸中撞来撞去。我决心忽视这种恐惧感，集中精力思考逃脱的方法。可是无论我想出什么招数，总是会被那个坚不可摧的力场挡回来。要是我想不出对策，而星主又回来晚了，那我的麻烦就大了。不断的尝试把我累得筋疲力尽，最后终于躺倒在地板上，眼皮不断往下坠。我很想抵抗睡魔，可是我连这场战斗也赢不了。在我坠入梦乡前我的最后一个念头是：那只猫在这里干吗？当时，睡意一波接一波地袭来，眼看就要把我卷走了，我突然觉得自己看见一只猫正坐在树屋的地板上。准确来说，这并不是我睡着前的最后一个念头，当时我很偶然地想到：哪任闪电侠更厉害，是巴里·艾伦[①]还是沃里·韦斯特[②]？不过那个关于猫的想法特别出乎我的意料，我把它当成因为缺氧而产生的幻觉。星主的力场那么牢固，无论是猫或者其他什么东西都不可能闯进来。

一眨眼就到了第二天早上，星主并没有出现。我猛然惊觉，今天是爸爸的漫画书店开张的日子！我不但有可能错过盛大的庆典，甚至连小命也将不保！树屋里的氧气已经变得比之前更稀薄，我决定，现在最重要的是减少耗氧，也就是不能有

---

① 巴里·艾伦：DC 漫画作品中的超级英雄，第一任闪电侠。
② 沃里·韦斯特：DC 漫画作品中的超级英雄，第三任闪电侠。

剧烈的动作。

突然，一团毛茸茸的东西碰到了我的腿，我大叫一声，整个人跳起来。这下可好，我消耗了整整一个茶缸的氧气！

我低头一看，发现一只猫正坐在我脚边舔爪子。只见它全身乌黑发亮，后背有一条锯齿状的白线，从脑袋一直连到尾巴尖儿。我顿时蒙了。昨天我把树屋里的每一寸空间都仔细检查过，确认那个力场连半条缝也没有。这只猫是怎么进来的呢？于是我沿着树屋的墙壁一点一点地仔细摸索，希望能找到那个被我漏掉的、像一只猫那么大的小洞。在一条墙缝前，我站住了。透过这条缝隙，我能隔着后院看到家里的情形。我全家人正在厨房里忙活，准备出发去书店。星主扮作我，就混在他们当中！我气得火冒三丈：他们不知道他是假冒的吗？难道他们这也看不出来吗？虽然明知没用，我还是大声叫嚷着，想吸引他们的注意。果然不出我所料，他们没有反应，继续忙着弄早餐。隔了这么远，他们本来就很难听见，更何况现在还有一个隔音力场挡在中间呢？我用双拳狠狠地砸在墙壁上，绝望地转过身来。突然，我看见后院里有另一只猫！那只猫一动不动地坐在爸爸的工具棚前，就像一个黑色的影子，我差点儿就没看见。我盯着那只猫，心里越发疑惑。那也是一只黑猫，后背也有一条锯齿状的白线，和树屋里的猫一模一样！它们绝对是同一只动物，肯定是那只猫趁我没留神溜出去了。我暗暗骂自己疏忽大意，没发现它的逃跑路线。可是我一转头，发现树屋里的猫还坐在我那一摞漫画书旁。

我又往院子里瞥了一眼，那只猫依然纹丝不动地坐着。

同时，树屋里的猫也在，位置和姿势都没有变。

我试着用一只眼睛看着院子里的猫，用另一只眼睛盯住树屋里的猫。然后我发现，用两只眼睛分别看两件事物是不可能的。

最显而易见的解释是：这两只猫长得一模一样。可是我有一种很古怪的感觉，觉得我其实是在两个不同的地方同时看到了同一只猫。这怎么可能呢？

我绞尽脑汁地想。星主的到来在我们的宇宙中造成了混乱，许多异象随之产生。在这个突然充满了时空虫洞的世界里，也许量子猫的出现不足为奇。说起猫，我突然想起曾经在YouTube[①]上看过一段视频，说的是一个名叫薛定谔的人特别讨厌猫。他做了一个假想中的实验，他在脑子里想象着把一只猫放进一个箱子里，箱子里还有一些毒药。然后他就把猫杀死了，可是同时他并没有杀那只猫。我觉得薛定谔这么做，就有点像那些有强大心灵能力的超级坏蛋，比如达克赛德[②]或者奥创，至于那些超级坏蛋对猫是什么态度，我就不清楚了。说到这儿我想澄清一句，在薛定谔的实验里，并没有猫真正受到伤害，被毒死或没被毒死的猫都仅存在于想象中。而他之所以会花那么多脑力去迫害小猫，只

① YouTube：世界上最大的视频网站，用户可以浏览、上传、分享视频。
② 达克赛德：DC漫画作品中的超级大反派，是超人的死敌。

是为了证明宇宙是一个无奇不有的地方。

这哪用他去证明，我都能教他！

树屋里的猫大摇大摆地朝墙壁走去。

我目不转睛地盯着它在房间里走过，突然发现猫脖子上挂着一块圆形的小名牌。一缕晨光照在金属片上，映出一个闪闪发亮的字母“Z”。这个字母是什么的缩写？扎克？女魔法师扎坦娜？所罗门猎人[1]？或者是左邦？难道这只猫是左邦派来的？如果是这样，他为什么要这么做呢？正当我苦苦思考这个问题的时候，猫走到了一条墙缝跟前。这条缝看起来太窄了，根本容纳不下那只猫的肥硕身躯，可是猫竟然一下子就从墙缝里钻出去了。力场发出嗞嗞的声音，仿佛在抵御猫的入侵，可是猫好像根本就没在意。就这样，它不费吹灰之力就突破了星主的封锁，成功穿了出去。我再往院子里看时，却只能看见一只猫。这可真奇怪。

在这一刻，我想起了拉拉关于猫的一段话。她说猫和其他动物不一样，猫是完全不受控制的，哪怕只是一只普通的家猫，要是它不情愿，就算是暗翅女侠的超能力也指挥不动它。这样说来，难道猫完全不受超能力的影响吗？

不管怎么说，小猫穿越力场的时候，确实干扰了星主设置的隐形屏障。那些嗡嗡嗡嗡、噼噼啪啪的声音持续了好几秒才结

① 所罗门猎人：DC漫画作品中的大反派，是第三任闪电侠沃里·韦斯特的死敌。

束。突然，我想到了一个主意：要是我让这个力场过载，会不会让它失效呢？我只需扔一件东西进去，造成短路……可是我手头上已经没有多余的猫了。

这时候，跨维度马桶里涌起一阵伽马射线，发出咕嘟咕嘟的声响。

哈！我要扔的就是你！我蹲在马桶旁边，伸出双臂环抱着马桶的底座，心中默数三下，然后使劲儿往上一抬。这马桶比我想象的要重得多，也许是因为里面装满了我刚才瞥见的那些超大质量的星星吧。我抱着马桶踉踉跄跄地朝树屋门口走去，手臂的肌肉像被火烧着那么痛。我的耳朵就贴在瓷质马桶壁上，我听到的肯定是无尽宇宙在马桶里晃荡的声音。我走到一个合适的位置，准备动手了。我就像卢克·天行者在瞄准死星的排热口，不过我的武器不是质子鱼雷，而是一个抽水马桶。

我脚下站稳，将马桶前后晃动，慢慢积累动力。当我觉得动力足够的时候，双手一松，马桶在空中直飞出去。眨眼间，坚硬的瓷质马桶就撞开树屋的门，撞进了力场。击中目标！小伙子，你真是万中无一的神射手啊！① 四周响起一阵猛烈的爆裂声，空中火花四溅，化作漫天花雨……然后一切重归平静。

突然，一阵冷风扑面而来，我顿时如释重负。不知道这个

---

① 这是电影《星球大战》中汉·索罗称赞卢克·天行者的射术时说的话。

力场是永久性关闭还是暂时性失效，我抓紧机会，拼命往外逃去。

家门锁上了，星主和我家里人已经出发去书店了。这不是问题！星主太低估我了。没有了力场的阻隔，我可以通过心灵感应与扎克联络。于是我在脑海里想出了这几句话："扎克，你能听见我吗？根本就没有'吞噬天地怪戈尔贡'，其实它本来叫'吞噬天地怪戈尔登'，是我小时候玩超级英雄王中王卡片时创造出来的超级大反派。星主是在骗你！请回答。完毕。"

我默默地等待他回答。一开始只有空洞的静电杂音，然后一个声音打破了寂静——并不是扎克的声音。

"……把草莓放在碗里，轻柔地撒上白糖，然后盖上盖子，在室温下放置一晚。这个过程能帮助糖分溶解，同时减缓水果氧化速度，有助于保持草莓的颜色……"

可恶的星主在干扰小星侠的信号！

他总是比我抢先一步！我只能朝公共汽车站撒腿狂奔。我心中暗暗发誓，下次再与他交手时，绝不能再落下风！

是时候与我的邪恶分身进行终极对决了！我冷冷地从腰间抽出……一张公交车月票。

·13·
七彩马卡龙[①]

目前进展还算顺利。卢克二号哪儿也去不了，而我也成功地骗过了爸爸妈妈，让他们以为我就是他。至于扎克，他最初还有点怀疑，可是我揪着雀巢碎麦片那点事儿跟他争论了一番，让他觉得我确实是那个烦人的弟弟，于是扎克心中的怀疑也就烟消云散了。

开车进城的路上，大家都很兴奋，让本来就不远的路程显得更短了。我们来到漫画书店，为开张庆典做最后的准备。其他人进店的时候，我在门口停下脚步，抬头看了看挂在前窗顶上的招牌：深蓝色背景，黄色粗体字配上红色投影，店名是“帕克父子

① 马卡龙：一种夹有果酱、奶油等馅料的法式小甜点，造型小巧，颜色鲜艳。

仨——友好邻居漫画书店”。

“父子仨”……看着这几个字，我心中突然涌起一种负罪感，好像针刺那么痛。我把这种感觉强压下去——现在什么都不重要，只有我的任务才是最重要的。于是我跟随他们一起走进了店里。

“按照二十世纪八十年代欧洲那些留着贵妇犬发型的摇滚乐手的说法，”爸爸一边说一边打开店里的灯和一个超级英雄音乐木马，“最后的倒数时刻到了。”

很快，爸爸就会打开店门，迎接“帕克父子仨”的第一批顾客。我抬头看着挂在柜台顶上的“征服者康[①]”挂钟。我只需要再这样扮几个小时卢克二号就可以了。可是我能骗他的家人和朋友那么久吗？这个问题只能让时间和征服者康来回答了。

妈妈和扎克去地下一层准备“暗翅女侠主题宠物乐园”，爸爸和我在一楼忙着打扫卫生。干着干着，他在大橱窗前停下来，出神地盯着外面。

“你在看什么？”我问他。

“没什么。”爸爸说，“我本来还指望顾客能排队一直排到街角呢。”他的语气变得很紧张，“也许我应该买一辆车，专门接布罗姆利镇的居民来店里，或者禁止某个名人来出席庆典。

① 征服者康：漫威宇宙中的大反派。

你也知道，其实就是制造新闻扩大影响。”他把前额顶在玻璃窗上，叹了一口气，“唉，卢克，要是小星侠能来露一下面，让我付出什么代价都可以。”

这是不可能的。我们的计划是在庆典结束后立即去宜家家居会合。

这时候，前门开了，瑟奇步履蹒跚地走进来。只见他身穿黄色和绿色的超级英雄装束，手上捧着一摞摇摇晃晃的特百惠保鲜盒，最顶上还放着一根塞满了馅儿的法式长棍面包。

“你这扮的是万能吞噬者①吗？”我问。

瑟奇的脑袋从那座塑料盒高塔后面探了出来。

“是啊。你呢？你要扮小星侠是吧？”

“不，我是星——”我几乎把自己的真实身份暴露了，幸好及时改口，“——想要来这里干这个。”说着我把身边一个书架上的漫画书整理了一下。

“瑟奇，你太棒了！”爸爸说着，从瑟奇手上接过那一摞盒子，放在柜台上。

除了打扮成“超级英雄军团②”的一员，瑟奇的另一个贡献就是为今天的庆典提供马拉松式甜点服务。爸爸和瑟奇一起把盒子里的东西拿出来，很快柜台上面就放满了一个个小托盘，上面

---

① 万能吞噬者：DC 漫画作品中的超级英雄。
② 超级英雄军团：DC 漫画作品中的组织，万能吞噬者就是其成员。

摆放着许多亮晶晶的七彩法式甜点。

瑟奇神色凝重地看着这些糕点："我本来打算用马卡龙砌一个孤独堡垒，可是最后只能做成一个个虽然简单却不失优雅的小金字塔。"

爸爸开口表示赞同，可我听不清他说的，因为他嘴里塞满了马卡龙。"好了，我去去就回。"他终于把最后一口点心咽下去，然后说道，"是时候换上我的超级英雄服装了。"

书店中央的电梯传来叮的一声，电梯门滑开，扎克和妈妈走了出来。妈妈穿了一套我不认得的服装：绿色上衣、绿色紧身裤、长筒靴，腰间别着一把木头匕首，头上还戴着一顶小船形状的帽子。

"你要是想扮绿箭侠①的话，你的弓在哪儿呢？"

"我是彼得·潘②呀！"妈妈欢快地说，不知为什么还在自己大腿上用力拍了一下。

我本来应该猜到的。我小时候爸爸喜欢把普通童谣改编成太空歌剧，而妈妈总是恪守传统。她最爱彼得·潘，却总是看得眼泪汪汪的。

我觉得妈妈这回要出糗了。"呃，不好意思，可是彼得·潘

---

① 绿箭侠：DC漫画作品中的超级英雄。

② 彼得·潘：苏格兰作家詹姆斯·巴里创作的童话剧《彼得·潘：不会长大的男孩》中的主人公。后来衍生出一系列文学及影视作品。

不是超级英雄啊。”

“呃，不好意思。”她模仿我的语气说道，“可是他懂飞，他长生不老，他能在不同世界之间穿梭。”她转头对爸爸说，“我在楼下需要帮忙，有一只兔子不肯戴头盔。来吧，跟我来。”

爸爸很夸张地握拳捂在胸口：“可是彼得，如果我摔下去呢？[①]”

“如果你能飞呢？”妈妈以脚跟做轴一转身，伸出一根手指，“朝着右前方第二颗星星，一直飞到天明。[②]”

要是我没记错的话，这是前往梦幻岛的方向，不是到地下一层的。不过他们两人还是很开心地朝着那个方向蹦蹦跳跳地走开了。

“除了那只偶尔不合作的兔子之外，”他们走后，扎克说，“一切看起来都相当顺利。”他瞪了我一眼，“你的衣服呢？现在有这么好的机会让你扮成某个不知道是什么的超级英雄，大家都不愿意错过，更何况是你呢？！”

我这才想起扎克有时候是多么的讨人厌！

“瑟奇，这些马卡龙真好吃！”扎克一边嚼一边说。

“多谢捧场，扎克。”瑟奇压低声音说，“作为围巾特攻队的创始人之一和首席标志设计官，我能不能询问一下，即将开始

---

① 《彼得·潘：不会长大的男孩》中的经典台词。
② 《彼得·潘：不会长大的男孩》中的经典台词。

的那个跨维度行动，你已经完全准备好了吗？”

“对，都准备——”我想都没想就顺嘴回答，完全没意识到瑟奇不是在问我。

扎克抢白我说：“这次行动你没份儿，记得吗？”

糟糕，说漏嘴了。“啊，对啊，我这脑子没超能力，不好使。”我连忙说。

瑟奇问：“你没事吧，兄弟？你今天看起来好像特别紧张。”

“我？紧张？不会吧，瑟奇，我这辈子还从没像现在这么镇定过呢。”我感到他们两人怀疑的目光仿佛要钻进我的脑子里。幸好就在这时，拉拉来了。我如释重负，连忙赶去开门。

“你扮成了哪位呀？”我话音未落，拉拉就一阵风似的冲了进来。她穿着一身毫不起眼的普通衣服，拿着一个活页线圈笔记本，还有一支疑似三菱0.4毫米中性笔。

“明显是露易丝·莱恩啦！”她说，“我总不可能装扮成暗翅女侠吧？”

我俩与瑟奇和扎克会合，召开围巾特攻队临时会议。

“瑟奇你好。”拉拉说。

“啊，你好呀，拉拉。或者我应该称呼您……露易丝？”

不会吧？他从一个笔记本就能看出拉拉扮的是女记者？

“你会和小星侠一起去星主的宇宙执行任务吗？”瑟奇

问道。

“我就是这样打算的。”拉拉回答说，“妈妈以为我住在爸爸家，爸爸以为我住在妈妈家，我预计他们起码在三天之后才会发现我不在家。这样一来我就能严密监视星主的举动了。”她转头看着我，“你探听到他的阴谋了吗？”

哈！她在问我星主有什么阴谋！“呃，没有，一丁点儿也没有。”我拼命装出很失望的样子，可是心里已经乐开了花儿：我把他们都骗了！只可惜这成功的喜悦不能跟别人分享。

“我也探听不到。”拉拉说，“我们是不是误解他了？再怎么说他和你也是同一个人，而你不是坏人。”

“星主当然不是坏人了。”我表示同意，“他可厉害了。”他们几个人一起盯着我……也许我自夸得太过分了。“我是说他惹人讨厌特别厉害。”我连忙补充一句掩饰。

拉拉和瑟奇忙不迭地点头称是，看起来特别赞同我的话。

“我同意。”扎克说，“你们谁也没有我跟他在一起的时间长。有句话我只能私下跟你们几个说，他总是很卖力地讨好我。我觉得他……那个词是怎么说来着？”

“让人毛骨悚然？”拉拉说。

“虚情假意？”瑟奇说。

“被人误解？”我说。

哎呀！又说错话了！冒名顶替就这点不好：人们以为你不在

场时，往往会说一些特别难听的话来攻击你。

“你会小心谨慎的，对吧？”瑟奇问道。

这次我没有再犯错误。我看得出他是在问拉拉，所以没有抢着回答。拉拉显然以为她会参加这次行动呢。

“别担心。”她对瑟奇说，“你想撇开我可没那么容易，我就像一个回力镖。”

“或者说……像一个蝙蝠镖？”瑟奇提议说。

拉拉一脸的迷惘：“蝙蝠镖是什么？”

正常人听到这个问题，他们的反应肯定是翻着白眼、摊开双手说：“你怎么连蝙蝠侠的经典飞镖也不知道呢？”我以为瑟奇也会有这样的反应。可让我吃惊的是，瑟奇并没有这样做，只回答了一句“也不是什么重要东西”。（他竟然说蝙蝠镖不重要?!）这时，拉拉留意到了堆放在柜台上的马卡龙。

“那些是你做的吗？”拉拉说，目不转睛地盯着那些五颜六色的糕点。

“是的。不过我必须承认，全靠我妈妈帮忙，我才能把点心的表面做得这么闪亮和精致。”

她用食指和拇指夹起一个红色的马卡龙：“真漂亮！而且还这么轻盈，就像小小的一朵彩云，你能教我怎么做吗？”

瑟奇扬起一条眉毛：“很高兴为你效劳。”他朝拉拉走近一步，压低声音说，“关键是烘焙的火候，令它们成形即可，千万不要烤到变成棕色。”

“是吗？”拉拉直勾勾地盯住瑟奇的眼睛。

瑟奇又往前走了一步：“这样才能达到外酥内软的效果。”

“是吗？”拉拉又说了一次。她的声音变得很古怪，似乎在喘着粗气。

我明明知道他俩说的是马卡龙，可我心里有一种怪异的感觉，觉得他们好像话中有话，其实正在暗中讨论另一个话题。是什么话题？我一点头绪也没有。

这两人呆呆地站着，默默地凝视着对方，显然已经迷失在两人的小世界里。

“呃……”终于，瑟奇喃喃地说，“去你的厨房还是我的厨房？”

我没听到拉拉的回答，因为在那个瞬间，我分神了：我的双眼之间突然有一阵阵不断抽动的钝痛——我的神奇内置星屏雷达有反应了！每当我附近有重要事件发生时，我脑中的这个雷达就会发出警报。我立刻闭上眼睛，集中注意力，想找出是什么触发了警报。

卢克二号正沿着主街大步流星地向书店扑过来。

·14·
跨维度胡萝卜

我来到书店时，外面人行道上已经排起了一队人。这队伍当然不能跟《星球大战》新电影上映时的人龙相比，我用卢克·天行者的那只真手上面的手指就能数清排队的人数。我发现乔什·坎也在队伍里。他穿着一套自制的超级糟糕的超级英雄服装，上面有一片背鳍和两扇肉乎乎的翅膀。我趁他没留意，嗖的一下从他身边跑过，径直冲进了书店大门。我身后响起了排队顾客的一片怒斥声。

我发现扎克、瑟奇和拉拉围着收银柜台，正在准备即将到来的开张庆典。扎克把一包包硬币打开倒进收银机里，瑟奇正在整理一个专门展示各式各样漫画书封面的展柜。我还来不及问星主在哪儿，拉拉就先开口了。

“你找到了吗？”她问。

“找什么？”

“你说脖子痛，去找止痛片了。”

看来星主感觉到我要来，所以脚底抹油溜走了。不过他肯定还没跑远！“那不是我，是星主！”我从身旁的一个玻璃展柜旁边探出脑袋，“他往哪个方向跑了？”

“那个不可能是他。拉拉和我早就跟他约好了一会儿碰头。”扎克说，“他正在宜家家居等我们呢。”

这倒是出乎我意料。“你们的见面地点是宜家？嗐，不过这已经不重要了。他根本就不在宜家，他就在这里，而且看起来和我一模一样！”

“他看起来当然和你一模一样了。”扎克叹了一口气，“关于这一点，我们早就达成共识啦。”

呸！“他装扮成我，在招摇撞骗！”

“卢克，我们已经讨论过这个问题了。”拉拉说。

“对啊，他为什么要扮成你呢？”扎克问。

“因为我找到了一张自制的超级英雄王中王卡片，可以证明他确实是在耍阴谋。于是他用一个力场把我囚禁在树屋里。然后今早我想出办法，利用两只一模一样的量子猫和一个跨维度抽水马桶把这个力场击破了。”

扎克的五官拧巴成一种我再熟悉不过的表情：厌倦和不信。

幸好围巾特攻队的其他两位队员对这条新消息都给予了应有的重视。于是我向他们详细解释了那个超级大反派“吞噬天地怪戈尔登”是怎样创造出来的。

“所以你看到了吧，戈尔登只是一个胡萝卜。”我总结说。

“胡萝卜？”扎克问。

“对啊，你懂的，就是诱饵嘛。”

扎克看起来很迷惑：“可是我不喜欢吃胡萝卜。”

“正常人谁会喜欢吃胡萝卜？哎呀，怎么岔开话题说起胡萝卜来了？”

虽然我哥断然否定了我的解释，可我还是希望围巾特攻队的其他战友会相信我。

“瑟奇？”

“你一点证据也没有，而且你这个故事的根基是两只不太可能存在的猫和一个幻想出来的卫浴洁具。”他停顿了一下，“可是我百分之一百地相信你。”

“我也相信你。”拉拉说，“不过我的相信度只有百分之七十五。”

扎克瞪了她一眼，目光中带着苦涩。

我就知道他俩信得过！就在这时，妈妈和爸爸从地下一层上来，我被迫暂停了追捕星主的行动。我不可能问他们有没有看到一个跟我长得一模一样的人在店里跑来跑去找止痛片。妈妈怀里抱着一只兔子，兔子脑袋套着一个橙色面具，身上还披着一件画着胡萝卜的斗篷。妈妈穿的那套服装让我百思不得其解。“你要是想扮绿箭侠的话，”我问，“你的弓在哪儿呢？”

妈妈用一种很有趣的目光看着我：“我已经告诉你了，我是彼得·潘嘛。”

我用了整整一秒钟才想明白她为什么要这样选。“他懂飞，他长生不老，而且他还能跨维度旅行！太妙了！”

妈妈没理我，只顾着抚摸小兔子：“棉花尾巴队长就是不肯跟绿叶军团[①]其他成员好好地玩。”

兔子动了动粉红色的小鼻子，发出一声小小的类似叹息的声音。

“面具夹住它耳朵了。”拉拉开口说，又连忙补充道，“呃……我是说看起来有点紧，是吧？”她避开妈妈好奇的目光，帮兔子调整面具的橡皮筋。

扎克上下打量着爸爸：“你这是扮谁呢？”

我和瑟奇对望了一眼，都觉得难以置信！扎克对超级英雄的知识匮乏到这个地步，他每天清晨醒来的时候，该怎么面对自己呢？爸爸扮谁？答案再明显不过了！他不再纠结要扮哪一个版本的超人，而是直接做超人他爸：乔·艾尔。他假扮的是1978年老

---

① 绿叶军团：作者模仿绿灯军团（DC漫画作品中的超级英雄团队）而杜撰出的团队名称。

版《超人》电影里面的形象：他那一身白色束腰上衣和白色裤子可以称得上我们这个宇宙中最明亮的白衣服；他还戴着一顶同样闪亮的白色假发，有一缕鬈发垂下来，挂在他额头正中；最后，他还在胸前挂了一个塑料娃娃，这样一来，爸爸这个超人爸爸的造型就彻底圆满了。

“我给你点提示。”爸爸说完，把塑料娃娃搂在怀中，开始对着它说话。他的声音听起来好像腮帮子里塞了两团棉花球。“卡尔·艾尔，他们也有能力成为一个伟大的种族，不过他们还缺少一线为他们照亮前路的光明。正是因为这个原因，也因为他们懂得向善，我把我唯一的儿子，你，送给了他们。”

扎克摇了摇头：“我还是不知道你在说什么。”说完他就走开了。

瑟奇拍手叫好：“太厉害啦，帕克先生！太棒啦！我觉得自己好像和你一起面对着正在毁灭的氪星球呢！”

“谢谢你，瑟奇。在氪星球毁灭的那一刻，乔·艾尔身边的一切都土崩瓦解，他必须把婴儿放在太空船里送走，这样才能保住儿子的性命。”爸爸又用刚才那个声音说，“再见了，我的儿子。”他抽噎了一下，“这一幕总会让我伤感。”他拨弄着那一缕白色鬈发，大步走到书店正门后面，“嗯，现在这支队伍才像样。”

我到达的时候，门外只有寥寥可数的几个顾客，可是现在人龙已经排到大街上了。爸爸把挂在店门上的牌子翻过来，从“闭合时间循环”换成“致敬频道开放”。

“做好准备，马上就要着陆啦！”爸爸一边说一边搓着双手。

可是人龙并没有移动。

过了几秒钟，还是没有人进店，于是爸爸探头出去看那些纹丝不动的顾客：“他们在等什么呢？”

这时候我才留意到，所有人都仰头看着上面。我也伸长了脖子，想看看到底是什么东西吸引了人们的注意力。只见一个人影在高楼之间掠过，虽然只是惊鸿一瞥，可是那一袭斗篷已经证实了我的怀疑。

“星主！”我低声说了一句，然后走出店门想瞧个真切。其他人也跟着我来到大街上。

我一眼就看见他正绕着我们书店低空飞行。迎风招展的斗篷在空气中荡出无数个波纹，他的鞋子就像德国豪车的面漆那么耀眼，就连他的牙齿——我发誓——也在阳光下闪闪发亮。看起来主街上所有的商铺都变成了空巢，所有人都聚集在“帕克父子仨”书店外面，目瞪口呆地欣赏着我那位超级英雄分身上演的特技飞行秀。

“哈！这回精彩了。”爸爸轻声说，“来了一个新的超级英雄。”

“嗯，这位一上来就让人印象深刻，是吧？”妈妈说，目不转睛地盯着天空。

“可是你根本就不喜欢超级英雄呀。”我很不满地说。

“对，我知道，亲爱的，可是他确实有点特别，”她朝着星主挥手，“你感觉不到吗？”

什么？就连我妈也变成他的粉丝了？这事真的比笑话更可笑。

“难道比小星侠更特别？”扎克的声音有点发抖。可是四周人声鼎沸，妈妈完全听不见他说的。

这时候，不停地转圈已经不能满足星主的炫耀欲，于是他做出了一个纯粹是卖弄技巧的动作：在完成了一个亚声速桶滚①之后，随即送上一个超声速半筋斗翻转。飞行表演在这一刻达到了高潮，观众的欢呼喝彩声越来越响亮。在人们景仰的目光中，星主缓缓降落在漫画书店的屋顶。他一步一步地走到天台边缘，活像一个在高空走钢丝的杂技演员。星主站定在书店招牌的正上方，向观众们举起双臂，大伙儿都很听话，马上安静下来。

“布罗姆利镇二号的公民们，大家好。”他竖起两根手指，好像生怕别人没听明白，“我是星主。”

人群发出一阵“哦”和“啊”的声音。

---

① 桶滚：一种飞行特技动作，指飞机在向前飞行的同时沿自身的水平轴线做360度翻滚。

“这名字真不错！”爸爸狠狠地点了点头，说道。

“我来自另一个世界。我的世界在你们的银河系之外，在你们的宇宙之外，也在你们的理解能力范围之外。”说到这儿他单膝跪地，手臂在空中划过，遥指远方的地平线。他这算是什么表演？形意舞吗？然后他缓缓地扬起下巴，说道：“我来这里是为了向大家传递一个非常重要的消息。”

·15·
两个卢克的碰撞

说到这儿，星主停顿了一下。在这片刻的沉默里，我感觉到人们顿时紧张起来，都在迫切等待星主下面的话。我当然知道接下来会发生什么——这是他向公众揭晓自己统治世界的邪恶计划、正式露出恶人真面目的一刻。从一开始我就认准他是一个超级大坏蛋！

星主清了清嗓子："无论我到哪一个平行宇宙，我都只在'帕克父子仨——友好邻居漫画书店'购买漫画书。"

什么？他在说什么呀？我看看其他人，想确认一下我确实是听错了。但是我没有。

爸爸在高声欢呼。

人群也在高声欢呼。

太恶心了！我不禁摇头叹息："太过分了！这么明目张胆地做托儿，简直——"

可惜我微弱的反对声音一下子就被嘈杂的人声淹没了。看起来大家和我不一样，他们都全心全意地拥护星主的这种商业行为。

星主在屋顶上走来走去。"今天之内，"他居高临下大声吼道，"在'帕克父子仨'购物满十英镑，即可参加抽奖。获奖者将得到一个千载难逢的、由本英雄提供服务的'与超级英雄翱翔'的飞行体验机会。此次活动解释权归本英雄所有。"

我发出"啧啧啧"的声音表示不满："哼！他这回真的是找不着北了。"

"你不也想叫我做同样的事吗？"扎克问我。

"不……呃，虽然是的，不过他这样做完全不同啊！"我有点结巴了。建议扎克为书店做宣传是一回事，可是眼睁睁看着星主抢去所有风头，又是另一回事了。

人行道上响起雷鸣般的脚步声。在星主的刺激下，仿佛布罗姆利镇全镇的人都跑来光顾我们的漫画书店了。

"大伙儿进来吧！"爸爸大吼一声，率领众人拥进店里，"填平透支大坑的时间到啦！"

突然，我觉得自己双脚离开了地面，原来是那位兴奋过度的乔什·坎冲到我面前，抓住我两个肩膀把我整个人提了起来。他距离我那么近，连他刚才吃的奶酪洋葱薄脆用的是哪一种奶酪我都能闻出来。

“你听到了吗？”他把我的肩膀钳得更紧了，“我要和暗翅女侠一起翱翔啦！”

“啊？你刚才在听吗？”我上下打量着他，“对了，你这是在扮谁呀？”

“我是鱼翅大侠。”他骄傲地回答，然后解释说这是他自创的超级英雄。然后他上气不接下气地把这个原创故事讲出来，好像说这位鱼翅兄是大白鲨跟蜂鸟的混合体，同时也是暗翅女侠最好的朋友……我无法集中注意力，因为他的斗篷老是被他的背鳍卡住，特别碍眼。我还想告诉乔什，一条像他那么巨大的鲨鱼要靠那两片小翅膀飞起来，从空气动力学上来讲是不可能的。可是我还没来得及开口，他就已经跟随人群拥进了店里。我只能无奈地整理被他弄皱了的袖子。

“该走了。”扎克宣布说，“星主刚刚通过心灵感应联络我，他想提前出发。”

“可是那个‘与超级英雄翱翔’的飞行体验呢？”我问。

扎克“啧啧”了两声，然后转头看着拉拉：“你准备好了吗？”

“等等！不行，你不能去。”我一把拽住我哥的手臂。

“我知道你想说什么。”他一脸疲倦地说，“星主只是假装成超级英雄，他其实是超级大反派。可是你想想，一个超级大反派会帮爸爸的漫画书店做宣传吗？”

我沉思了片刻，说道：“不，行星吞噬者加拉图斯应该不会；小丑也许会；嗯，莱克斯·卢瑟肯定会，只要你给钱就行。[①]”

瑟奇嘟囔了一下，表示赞同。

扎克叹了一口气，“面对现实吧，卢克，你看错星主了。”他把手伸进裤袋里掏出钱包，从里面拿出一张貌似信用卡的东西，“你从一开始就看错人了。”

我正想着他还不够年龄用信用卡呢，却留意到那张卡片上印着他的小星侠徽记。奇怪！我还没来得及问他这是什么，扎克已经示意拉拉出发了。

“暗翅女侠，我们换装吧。”

“马上就来。”拉拉答道，“我不在的时候帮我保管这个。”她把那部珍贵的手机递给我，“我不想冒险把手机带去另一个维度。”

我心领神会，点头道：“你是担心手机落在一个超级大坏蛋手里，他就会利用储存在里面的信息发现你的真实身份，然后把你的生活闹个天翻地覆，是吧？”

---

① 行星吞噬者加拉图斯、小丑、莱克斯·卢瑟都是漫画作品中的反派人物。

"不。"她皱了皱眉，"我是担心漫游费太贵了。"

我把拉拉的电话揣进口袋，目送着他俩穿过人群，寻找一个人少的地方换上超级英雄服装。关于自己的缺席，这两人都已经编好了一套完整的托词。对妈妈和爸爸来说，他们的长子是上了一辆正规的校车，与学校田径队其他队员一起，前往"X教授天才青少年学校"，参加为期三天的高强度集训。（好吧，我承认，我说的那所学校并不是真的和X教授的变种人秘密学校同名，那校名让人一听就知道是体校，而且很普通，普通得我都完全想不起来了。）

我觉得很无助，不过我还能做什么呢？我拼命想着，我能用的办法已经越来越少……突然，我又想到了一个主意，不过这已经是我最后的王牌了。

"瑟奇，跟我来！"说完，我转身朝着书店跑回去。此时，排队的人正像大批感染病毒的僵尸，呻吟着，蠕动着，慢慢地拥进店门。我俩拼了命地往人堆里挤，终于杀开一条血路，冲上了天台。我用肩膀撞开天台的门，顿时松了一口气。果然不出我所料，星主就在屋顶，正在俯瞰顾客们在主街上摆出的那条人龙。

他心满意足地朝我点了点头，"这广告成功吧？我都不得不佩服我自己！"说到这儿，他的脸色陡然一沉，"可惜到最后这一切都是徒劳的，爸爸根本不会把我做的好事放在心上，你们也不会。"

那一刻的我怒火中烧，完全没有细想他这句话背后的含义。“我差点儿被憋死！你这样把我关起来，是要害死我吗？”

“对不起，我不是故意的。”

他这句道歉听起来倒像是真心实意的。这时候，楼下的人群一阵骚动，因为他们刚刚看到小星侠和暗翅女侠从天而降，与星主在书店屋顶会师。

“就等你了，星——”扎克突然打住，因为他看见了我，“你在这儿干吗？”

“我正在和我的邪恶分身摊牌呢！”我怒道。

“这个……你和瑟奇都不能上来，因为天台这里有安全方面的隐患。”他掰着手指说，“这里没有安全栏杆，那些屋顶灯饰容易掉下来砸伤人，你们俩都不能飞……”

“扎克，你省省吧，我又不会从屋顶摔下去……除非是星主推的。”我用一根手指直直地对准了星主，“你有没有问过他今天来这里干吗？如果他真的那么迫切地要回去打吞噬天地怪戈尔贡，那他为什么还要浪费时间飞来我们书店这里做演讲和促销呢？”

从扎克的表情来看，我这个问题确实问到他心坎儿上了。可是他还没来得及用这个问题去质问星主，我的邪恶分身就抢先开口了。

“我也知道，咱们明明约好了一会儿去宜家碰头，而我却在书店这里出现，看起来确实很奇怪。”他说，“可我只是想在临走前帮 下爸爸。”

“他不是你爸爸！”我骂道，“还有，你那个会合地点算怎么回事？宜家？你开什么玩笑？”

“因为宜家占地面积大，很远就能看见。而且每个宇宙都有宜家。”星主不假思索地答道，“它们就像传送口，巨大的、有肉丸供应的蓝色传送口。”

实际上，这个解释是很合理的。对于我每一个问题，他总能回答得天衣无缝。太可恶了！我决定不再质问星主，而是直接在扎克那里寻找突破口。

“拉拉和瑟奇都看得出他在撒谎，为什么你就看不出来呢？”其实就在我说出这个问题的时候，我就已经知道答案了。扎克向来不善于看穿别人的谎言，我觉得这是因为他总是怀着善意去看待他人。“我最后强调一次，世上根本就没有‘吞噬天地怪戈尔贡’，也没有‘吞噬天地怪戈尔登’。”我说，“这都是他捏造出来的，他是一个卑鄙无耻的超级大坏蛋！”我注意到自己的声音突然高了八度，就像合唱团那些嗓音尖尖的男孩子。

“不，不是我捏造的！”星主回应说。

“就是！”

“不是！”

扎克走到我们俩中间，就像网球比赛中的裁判员似的：“够啦！”

我对星主怒目而视：“哼，我和他当中有一个人在说谎，这个人可不是我！”

“当然也不是我！”星主恶狠狠地说。

事到如今，只有一个解决办法了。“扎克，你必须在我和他之间做出抉择。”我说。

“你相信谁？”星主问。

“你是相信我？”

“还是相信他？”

我看到扎克的目光在我和星主之间移来移去：到底是相信卢克还是卢克二号呢？

“嗐！一个你就已经够我受的了，现在还有俩，叫我怎么吃得消？星主，你为什么跟他吵呢？吞噬天地怪戈尔贡是真实存在的，对吧？”

我从他的语气中察觉到一丝不确定。星主肯定也感觉到了，所以他的脸色有点变了。

“是真的，当然是真的。”他抗议道，“我为什么要捏造这样一个怪物呢？”

我一下子蹦起来：“对啊！这个问题问得好啊！你到底为什么要这样做呢？”

我跟星主大眼瞪小眼，我就像看着镜子里的自己，只可惜这是一面邪恶的魔镜，它的主人是童话故事里卑鄙无耻的王后。我俩站得很近，我甚至能数清他有几根鼻毛。当然了，我想尽办法，让自己和他距离这么近，绝不是为了数他有几根鼻毛的。

我有一条妙计！

超级英雄的服装向来以缺少储物空间著称。我帮助拉拉设计超级英雄装的时候，我给她加了几个方便够到的口袋。可是除了暗翅女侠，以及拥有万能腰带的蝙蝠侠，绝大部分超级英雄身上连一根两指宽的奇巧巧克力威化条也塞不下。我观察过星主的衣服，发现只有胸口那儿有一个拉链口袋，很巧妙地隐藏在星主标志的线条下面。

要是他还带着那张王中王卡片的话，就一定会藏在那里！

我活动着手指，准备变一个戏法——自从魔术师曼德雷①从帽子里掏出第一只兔子以来，史上最重要的戏法就非我这个莫属了。

我抬头一看："啊！那是左邦的飞船吗？"

所有人的眼睛同时向上看去，搜索着空空如也的蓝天。趁着人们的注意力被那个子虚乌有的飞船吸引，我的手指拉开星主胸前的拉链，一下子伸进那个口袋里。天灵灵地灵灵……变！

---

① 魔术师曼德雷：美国著名漫画形象，创自1934年。

“你完蛋了！”我成功了，那张王中王卡片又回到了我手中！我把卡片直戳到扎克面前，“看到没有？我早就告诉你了！我早就告诉过你，吞噬天地怪戈尔贡不是真的！”

就在扎克仔细查看着王中王卡片的时候，我看到星主的脸上慢慢失去了血色。

“他是真的。”星主喃喃说道，声音变得很虚弱。

他的阴谋已经彻底破产，我都几乎有点同情他了。无论他怎么挣扎、怎么抱怨，也改变不了一个事实：我赢了！和过往所有故事一样，在大结局，正义总能战胜邪恶！

星主的语气突然强硬起来。他双拳紧握，口中不住地念叨着：“他是真的！他是真的！是真的！”

“你发脾气也没用，就省省吧。”我说，“其实也没什么好难受的，你要勇敢面对现实，毕竟你是输给了比你强大的对手……”

“快看！”拉拉突然叫道。

主街的另一头突然发生了怪事。我眯起眼睛仔细看，发现天空中竟然出现了一条裂缝。就在这时，空气里充满了炸薯条的香气，仿佛有一万个嘎啦嘎啦的油锅正在同时炸薯条。

“那是一个虫洞！”瑟奇倒吸一口凉气。

短短几秒之内，那条裂缝已经扩张成一片雷雨云那么大，而且还在继续扩大，天空也随之变得越来越昏暗。渐渐地，那个虫洞的轮廓变成了一个清晰的形状。我认得这个形状，因为当年是我亲手把它画出来的。恐惧一下子揪住了我的小心脏，我突然觉得脑海里一片漆黑，就像日全食那么黑。这时候，有东西慢慢填满了那个轮廓，虫洞里面不再是一片虚无，而是出现了一个巨大的怪兽。它的一条腿从洞里跨出来，重重地落在地上。刹那间，整个世界地动山摇，仿佛有一个月亮大小的重锤砸在了地球表面。

吞噬天地怪戈尔登来到我们的维度了！

·16·
戈尔登浩劫

在多重宇宙里，没有什么是不可能的：先是激光眼沙鼠，接着有火箭靴，现在又来了戈尔登。戈尔登就和我——还有星主——在许多年前画的一模一样。他有三十层楼那么高，脚踏一双带翅膀的飞靴，两条腿像军舰那么巨大。他上身的肌肉出奇地发达，能够抵御一切攻击，包括魔法、核弹以及黄蜂（我记得在创造戈尔登之前不久，我刚好被黄蜂蜇过）。那时候我还小，不知道夜空中闪烁的其实不是行星，而是恒星。所以准确来说，戈尔登吞噬的不是行星，而是像太阳那样的恒星，他应该叫“恒星吞噬者”才对。这一刻我呆站在书店屋顶，心中充满了恐惧，因为我突然意识到，我无意中创造了一个专门对付小星侠的超级大怪物。

是谁通过一个跨维度传送口把他招到这个世界来的呢？不

是我！我把愤怒的目光射向星主，正好看见他一脸畏缩的表情。

“哎呀。”

“哎呀？你这样‘哎呀’一声就算交代清楚了？”

“这又不是我的错！”他恨恨地说，“要是你没有把我气得半死，我又怎么会突然想起戈尔登？我又怎么会不小心……把他带到这个世界来？”

“你还怪我？你还有脸把责任推到我头上？！”

星主突然小声用幽怨的语气说：“戈尔登不是真的，戈尔登只是王中王卡片……你就是这样不停地烦我！”

“不好意思，打断一下。”扎克插嘴说，“不过这个是……呃……以毁灭世界为己任的超级无敌大怪兽吗？”

“惨了，格雷兹购物中心完蛋了。”拉拉哀叹道。

戈尔登四处发射死光，其中一道死光正击中了格雷兹购物中心。这可真是祸不单行，因为上个月小星侠就在这个商场的餐厅里大战巨型外星机器人，把商场弄得一塌糊涂。[①]现在商场好不容易重新开业，竟然再遭灭顶之灾。只见碎玻璃、砖头、各种商品满天乱飞，格雷兹购物中心就这样全毁了。

“交给我吧。”星主说，“既然我能把他引来，我就能把他送回去。”

---

① 相关情节详见本系列图书的第二册《我的老师是外星霸主》。

说完，他闭上眼睛，全神贯注地调动体内每一分超能力，开始执行这个艰巨的任务。因为努力运功，他全身都在发抖，一颗颗汗珠从他前额渗出来，太阳穴的血管也在不住地跳动。

星主依然紧闭双眼，努力地挤出一句话：“我正在用超级无敌涡轮宇宙能量把他从我们这个维度彻底驱逐出去。他被我拖进虫洞的时候，请马上告诉我。”

“还没呢。”扎克说。

“现在呢？”星主咕哝着问。

“嗯，不好意思，还没。”

“他刚刚踏平了一家葡式烤鸡店。”我补充道。

星主睁开眼睛。“唉，该死！”

星主失败了。他无法将戈尔登赶回王中王卡片的维度，他已经完全来到了我们的世界。从戈尔登的第一反应判断，他可不是来做善事的。只见戈尔登迈开大步沿着主街往前走，所过之处尽被夷为平地。

“我们必须把他从人员密集的地方引开。”扎克说，“可是在动手之前，我必须先了解这家伙有什么能耐。”

我举起王中王卡片，其他几位一起围上来。“力量100，速度100，灵能100，自愈力10。”

“哈！”扎克留意到最后一个数字，“看来他的防御不行，我们找到突破口了。”

“哦，不是，等等。”我一边说一边仔细端详卡片，“这里有点不清楚了，其实不是10，而是……100。”

扎克一把从我手中抢过卡片，大声读道：“喷火，隐身，毒脚趾，喷飓风……他既能喷火，又能喷飓风啊？”扎克难以置信地摇着头，“至少我们知道了对手有多大能耐。”

“呃，不好意思，还不止这些。”我说，“背后还有呢。”

扎克把卡片翻过来，只见背后密密麻麻写了三列：“夜视，X光视线，激光视线，热射线，冰冻射线，微缩射线，能量场，能量射线，补充能量水，磁力，动物磁力……啊，他还有一个能量指环。这下好了！还有什么能力是你忘记给他的吗？”

“飞行。”我答道。

“好吧，至少他还有一个弱点。”

这时候，天空中突然狂风大作，一道道闪电照亮了街道上的楼房。吞噬天地怪戈尔登突然出现在漫画书店旁边。

“呃，因为你根本就不需要飞……”我坦白说，“如果你懂瞬间转移的话。”

戈尔登用我刚才提到的一系列超能力发起攻击，扎克连忙运起力场抵御。戈尔登先发出冰冻射线和热射线，都被保护罩弹开；然后他连续喷出一条火柱和一阵飓风。在接连的打击之下，扎克的保护罩变弱了，他踉踉跄跄地后退几步，双手在屋顶表面一阵乱抓，这才勉强稳住身形。

星主急忙运气，与扎克联手，气场顿时加强，顶住了戈尔登的攻击。可是很快我就看出来，就算两人合力也不可能无休止地撑下去。他们迟早会被戈尔登击败，只是时间问题罢了。

突然，两声惊雷般的音爆在风起云涌的天空中响起，两架战斗机俯冲而下，向怪兽直扑过去。地球防卫部队发现有侵略者进犯，派人来“欢迎”了。

“他们来得好快！”我赞道。

“这是星纵队六号。”扎克说。

“什么纵队？”

“在小行星天劫和苏-邓纳姆入侵事件之后，军方首脑跟我联络。”扎克解释说，“我一直跟他们合作，在全国范围内部署了一支快速反应部队。”

“你哪儿有空干这么些事儿呀？是在每次模拟考之间抽空做的吗？”

扎克不理会我的嘲讽，继续解释星纵队的职能和任务：“他们从各个军种里抽调出精英分子和顶级装备，组建了八支星纵队。他们的职责是在世界出现危机时配合我行动。”

想不到事情会发展到这个地步，我心里很不爽：“你意思是他们就像围巾特攻队？”

我没听清扎克的回答，因为就在那一刻，战斗机的下视下射雷达锁定了目标，机翼上的导弹立即发射，在雷达的指引下，精确无误地向着敌人飞去。

吞噬天地怪戈尔登猛地转过身来，对付这几个新来的敌人。可他并没有躲避导弹，也没有发射某种射线去拦截，却站着不动，就直接挡在导弹的飞行路线上。几枚导弹一直飞进了我给他画的那个黑洞脑袋里，就这样消失了。然后我听到两下微弱的爆炸声——其实听起来更像是嘎吱嘎吱的声音。如果我没弄错的话，戈尔登应该是把导弹给吃了。

“他们的武器根本没用。”扎克宣布说。

不会吧？难道他本来还幻想着依靠我们人类自己的武器去对付戈尔登？

战斗机在空中绕了一圈，转回来进行第二轮进攻。这一次，机关枪的炮火把天空都映红了。

“你创造这东西的时候，给他设置一个致命弱点了吧？”在猛烈的炮火声中，扎克大声问我。

“你是指像超人害怕氪元素？”

“没错！不过事到如今，你哪怕让他对坚果过敏也好呀。”

我摇了摇头：“无论谁拿到戈尔登这张卡片就赢定了，从来没有例外，因为他天下无敌。”

星主走到屋顶边上，脸上露出坚毅的神情：“看来只能硬上了。”

我们还来不及阻挡，他就一下子飞上了半空。

“小笨蛋！”扎克吼道，“你这是去送死！”

星主就像一枚用超能力驱动的导弹，锁定了戈尔登这个目标，势不可当地朝他射去。戈尔登发射闪着亮光的热射线，喷出的能量束划破了天空。可是星主变向急转，优雅地避开了每一次攻击，朝着戈尔登极速逼近。

“他要成功了！”拉拉低声赞叹。

甚至连我也不禁心生佩服：我的邪恶分身确实有两下子！

可是就在这时，戈尔登漫不经心地挥出一只双层巴士般巨大的手掌，就像拍打一只烦人的苍蝇似的拍在星主身上。星主翻滚着在空中掠过，消失在主街沿街建筑的背后。

“超级英雄坠落！”瑟奇喊道。

·17·
直升机大逃亡

星主坠落，可是他就这么完了吗？在那一刻我无法知道。空中突然响起旋翼桨叶转动的声音，我抬头一看，只见一个运输直升机群沿着主街轰隆隆地飞过来，正在调整飞行角度准备降落。我数了一下，这个机群有至少六架双旋翼支奴干中型运输直升机。从领头的直升机上放出高音广播：“各位顾客，请准备紧急疏散。”

就算是星纵队六号也不可能预料到一个三十层楼高、足以毁灭世界的恐怖怪物会突然冒出来，踏平布罗姆利镇上的一条主要商业街，所以这支营救队伍的反应速度确实是快得惊人。没多久，直升机群全部着陆，军装士兵们从机上跳下来，开始引导人群登机。

可是戈尔登很快就感觉到这里有异动。虽然我没有给他一双眼睛，却赋予他一系列超能力，使他能感觉到哪怕是最细微的震动。戈尔登低头查探，那颗巨大的脑袋悬在最近的一架直升机上方，就像一个黑太阳似的。驾驶员看到怪物凑上来，立即决定紧急起飞。

“要是没人帮忙的话，”扎克说，“他们是逃不掉的。”

“轮到我了。”拉拉说完，发出一声长啸，从屋顶纵身跃起。当她跃到最高处时，一群小鸟俯冲下来，一起揪住了她的斗篷。于是拉拉控制着鸟群，朝远处的一片乌云飞去。乍看之下，我还以为那是另外一个虫洞呢。然后我发现那团乌云正向我们飘过来，而且速度还相当快。等它飘近了，我才意识到眼前的是什么。

拉拉在一大群鸟儿的簇拥下飞回来了。我还从没见过数量这么巨大的鸟群，里面有成千上万只不停扑腾的小……

“八哥？”瑟奇说，“她到底想干吗呀？这不是发疯吗？”

鸟群一起俯冲，突然聚集起来，变成毛茸茸的很大一团，在空中划出一条条黑色的弧线。

在拉拉的操控下，鸟群不断地伸展、摆动、扭曲和弯折，一个新的形状开始逐渐成形，仿佛一头来自噩梦的怪物从流沙里挣扎出来，终于露出了庐山真面目。虽然我明知眼前这一幕只不过是许多小鸟一起组成的图像，可效果还是极其惊人的。那是一头巨兽，比两条泰坦巨龙加起来还要大。它的驼背上长满了尖刺，手臂尽头是一柄乌黑的弯刀，它的双腿就像摩天楼那么高。戈尔登在它面前顿时变成了矮子。

扎克用老练的目光审视着眼前的一切，迅速对局势做出评估：“像戈尔登这样的捕猎者只会害怕一个克星，就是在食物链上位于他上端的捕猎者。”

“拉拉怪兽”发出一声巨吼。别看一只叽叽喳喳的小鸟并不可怕，可是当成千上万只小鸟一起叫，那可是非常震撼的！戈尔登听到声音，把黑洞脑袋从直升机那里移开，缓缓地站直，抬头面对那个看起来特别恐怖的对手。拉拉这招虚张声势吓唬敌人的妙计真的奏效了。小鸟大怪兽又怒吼一声，向着戈尔登猛扑过去。戈尔登小心谨慎地后退了一步。

这么一来，直升机的驾驶员就有足够空间起飞了。他让机身侧倾，然后开足马力，终于成功逃生。

戈尔登虽然一时上当，但很快就识破了骗局。他鼓起腮帮子，猛地吹出一股飓风，穿过“巨兽”的身体。鸟群顿时七零八落，天空中密密麻麻全是被吹散了的小鸟。在飓风的冲击下，拉拉一边转圈一边在空中掠过，再次呼唤她那帮长了羽毛的战友。很快，拉拉就稳住身形，准备卷土重来。可是就在她要展开第二轮攻击的时候，戈尔登突然消失了。上一秒钟他还站在那里，把太阳遮得严严实实的，下一秒钟他就无影无踪了。

“她成功啦！”瑟奇大声欢呼，“她把戈尔登彻底打败啦！暗翅女侠万岁！”说完，他把哮喘药吸入器塞进嘴里狠狠地吸了一大口，以示庆祝。

我可没瑟奇那么乐观。“戈尔登还在这里。”我说，“只是现在隐身了。”

我的目光在天空中来回搜寻，想发现一点蛛丝马迹。所谓隐身，并不是说别人不能察觉你的存在，换句话说，就算一个超级大坏蛋能隐身，他经过时也必定会留下一点痕迹。空气中泛起了波纹？太阳表面有一个阴影？

“好了，他暂时撤退，我们正好抓紧时间重整旗鼓。”扎克说，“我应该联系星纵队六号——”

就在这时，通往屋顶的门砰的一下被撞开，妈妈和爸爸跌跌撞撞地扑出来。有一个人跟在他们身后，伸出一根手指正对着我——乔什·坎也来了。

“我没说错吧？我是亲眼看见他跑上来的。”

我爸妈一下子呆住了，想弄清楚眼前这古怪的一幕到底是怎么回事。

“卢克？”妈妈说。

“小星侠？”爸爸说。

我很理解爸爸妈妈心中的迷惑，因为他们看见的是小儿子和好朋友竟然跟世界上最伟大的超级英雄站在一起！两人的反应居然这么镇定，已经算很不错了。

“帕克先生，我佩服死你了！”乔什轻声说，“你瞧，首先是那个新来的小英雄星主做特技飞行表演，然后是那个巨怪，又会喷火，又会发射线什么的。”他用慢动作走来走去，模仿戈尔登的攻击，“更厉害的是你还请来暗翅女侠，她的驯鸟秀真是精彩啊！我们都以为这就完了，哪知现在小星侠竟然大驾光临！你不知道，大伙儿都乐疯了！哈！”他绕着屋顶转圈，双拳在空中乱挥，脚下跳着某种古怪的舞步。

爸爸看了妈妈一眼，目光中带着疑问。

“他以为这一切都是你一手策划的，是为了给书店做广告呢。”妈妈解释完，立刻转身看着我，“卢克，你哥哥在哪儿？”

我瞥了扎克一眼：“呃……”

扎克调整了一下面具：“刚才我见到他和那个叫拉拉的女孩子在一起，两人正朝着直升机走去。”

“他肯定是护送拉拉去安全的地方。”妈妈说。

这时候，又有一架直升机升空，与我们擦身而过，我甚至感觉到了旋翼掀起的下沉气流。现在只剩下两架直升机了。

“我们必须带你们几个小孩赶上其中一架。”爸爸说。

“他说的对！”扎克说，“你们所有人马上撤退，这样就安全了。”他的声音像钢铁那么坚硬，“我会确保你们的安全！”

我感觉到扎克要冲出去干一些很勇敢的蠢事，于是一把拽住他的胳膊。“你没玩过王中王卡片游戏！”我压低声音，抓狂地说，“你赢不了的！这个宇宙中没有哪个超级英雄能够打败吞噬天地怪戈尔登！你这样是死路一条！”

他轻轻地掰开我的手指：“我没事的，你快撤！”

说完，他站上围栏，准备纵身向战场中心扑过去，我耳边仿佛响起了号兵吹响的冲锋号。既然扎克不肯听我的，也许爸爸妈妈能说服他吧？当然，这样一来我就会害他暴露身份，可是这样总好过眼睁睁看他送死吧！

这时我突然注意到其余几人正排成一排站在屋顶上——妈妈、爸爸、瑟奇和乔什，每个人都穿着超级英雄服装：彼得·潘、乔·艾尔、万能吞噬者，还有，呃……鱼翅大侠。我隐约觉得有个念头正在我脑海里翻滚扑腾，掀起阵阵波涛。在它接连激活几个神经突触之后，我的大脑终于发现了这个聪明绝顶的想法！

“我想到对策啦！扎——小星侠，等等我！”

可是我慢了半拍，小星侠已经飞身冲上了云霄。当时，戈尔登最新一轮飓风攻击刚刚结束，余威未尽，我的话刚喊出嘴边就被强劲的气流卷走了。我听见身后传来妈妈和爸爸的喊声。他们正站在通往屋顶的楼梯门前，催促我快走。可是我顾不上理他们，因为我必须在极度混乱和喧闹中让自己的内心平静下来。

“我知道怎样打败他了！”我在脑海里大声说，“扎克，你能听到吗？”

星主还在干扰我的心灵感应吗？我哥能收到这条至关重要的信息吗？

扎克速度慢下来，然后悬在空中不动了。然后我脑海里响起了他幽怨的声音：“我就知道你会做这样的事！你老是在最后关头耍花招！”他抱怨道。

“哪有？！”我回想起以前大战克里斯托弗·塔尔博特以及击退苏-邓纳姆侵略者的战绩，“嗯，也许是吧。可是我哪次是错的？”

“还没有。”扎克虽然不悦，却还是得承认，“好吧，这一次你又有什么锦囊妙——”

扎克还没说完，一只戴着尖刺手套的巨手突然从下面伸上来，就像鲨鱼跃出水面，一下子就把他抓住了。

戈尔登突然在扎克的正下方现形了。

我大吃一惊，眼睁睁看着巨怪的大手把他抓走。扎克的双腿奋力踢了几下，就耷拉着不动了。我和他的心灵感应也在这一瞬间中断了。

“不——！”我的尖叫声被一阵突如其来的旋风吞没。紧接着，戈尔登发出一声恶心的咆哮——那是他胜利的欢呼，然后朝我们几个人喷来一股飓风。我一下子被抛到空中，身不由己地转着圈。我还依稀感觉到其他人和我一样，也被上升气流卷起来了。我们的上升速度很快，可我知道我们很快就会到顶；接下来的单程旅途只有一个终点——摔死。

在某个瞬间，我失重了，也就是说，我这次短暂的飞行已经到达了顶峰。

布罗姆利镇就在遥远的下方，看起来那么安详，那么平静，仿佛一切都和平常没什么两样。

紧接着，我开始高速下坠，身不由己地朝着地面摔下去，我心中那种安详平静的感觉也随即变得粉碎。我已经看不到其他人了，我只知道再过几秒钟，我们就会变成粘在主街上的几团肉酱。在下坠的过程中，有一句话突然出现在我心中。在古时候，人们觉得世界末日要来了，就会说这句话，所以这句话是很常用的，因为那时候的人遇上一点不顺心的事儿就会把它当成世界末日的征兆。今年收成不好？完蛋了，世界将永远堕入黑暗之中。杯底茶叶的形状像一只山羊？完蛋了，人类浩劫要来临了。有人用法语写了几句模棱两可的预言？那是在说“谁也逃不过的审判日”！

这句话是：大限将至。我知道“将至”就是很近的意思，可是当我从天上往下坠落的时候，我看见戈尔登抓着生死未卜的扎克大步走开，我突然意识到大限并不是“将至”——大限已经到了。

我已经掠过了图书馆，我眼里再也看不见其他东西，只有扑面而来的那一片大地。

在最后半秒里，我匆忙用双臂挡在面前，虽然明知这是徒劳的，却也算增加一点保护措施吧。我已经准备好承受这次撞击了。

然后，我在距离地面一米的地方突然停下来了。

而且不只是我，连妈妈、爸爸和瑟奇也悬浮在空中，那情形就像电子游戏里常见的程序错误。我不禁长长舒了一口气，然后想起了乔什：他有没有摔在地上呢？

为什么会这样呢？在惊奇之余，我脑子里突然闪现出一个念头：我们这样高速下坠，只有心灵传动保护网能把我们兜住！这么说来，扎克肯定已经从戈尔登的魔爪里挣脱出来了！我心中顿时充满了希望。然后我觉得自己缓缓地落到了地面上。

“我还是怨你！”

我朝着那声音猛地抬头，只见星主就站在我面前。那张心灵传动保护网原来不是扎克发射的，而是星主的杰作。在这个瞬间，希望的肥皂泡破灭了，狂怒完全占据了我的心。

“你！”我猛扑过去，一下子把他撞翻在地。

我跨坐在星主胸口上，拼命地摇晃他的肩膀：“这一切都是你造成的！我恨你！我希望你从来没有来过！我恨你！就算去到多重宇宙的尽头，我也恨死你了！”

星主本来可以像戈尔登把他拨开似的轻而易举地把我掀翻，不过他只是躺在那里任我骂，像在接受惩罚。

“喂，卢克！兄弟！看这儿！”

我抬头一看，原来是穿着胖鲨鱼服的鱼翅大侠乔什·坎，他竟然没死！更不可思议的是，他好像正在飞呢！我揉了揉眼睛，才发现原来是一群扑扇翅膀的小鸟把他悬在了半空。而拉拉就在他身边，一边飞一边控制着那些小鸟。看来这家伙终于愿望成真，到底算是伴随暗翅女侠翱翔了一回。他灿烂的笑容点亮了这么悲惨的一天——至少有人得偿所愿了。拉拉带他安稳着陆。

“太——棒——啦！真的是爽翻啦！”他语无伦次地嚷嚷着，“还能再来一次吗？”

看来每个人都安然无恙。不远处，妈妈躺在地上没动，她还在震惊当中，只能发出几声呻吟。爸爸双手双膝着地，不住地念叨着什么“大地啊母亲”，还不停亲吻看起来挺脏的地面。瑟奇倒是站起来了，正在迷迷糊糊地四处走动。

拉拉好不容易才把黏人的乔什支开，马上走过来看我。“我从此再也不会埋怨八哥烦人了。”她说，“你没事吧，卢克？”

“没事。”星主和我同时回答。我狠狠瞪了他一眼。

“戈尔登把扎克抓走了。”我哽咽着说，“他这回死定了。”

“我也无能为力啊。”拉拉沮丧地说。

“我试着用心灵感应和他联络。”星主说。

“你以为我没试过吗？”我对他吼道。从扎克被抓走的那一刻起，我就不停在心里呼唤他的名字。“他没有回答！”

“你不会以为——”拉拉开始说。

“不可能！”星主一下子蹦起来，坚定地说，“他还活着！我们一定会把他救回来的。”

“就凭我们几个，谁也救不了。”我说。

“你怎么这么说呢？”拉拉驳斥我，“如果我们不出手，那还能有谁呢？这世上没有别人可以指望了呀。”

“你的意思是……”瑟奇问我。

这是我们最后的机会了，无论是谁都会抓住这根救命稻草。我深深地吸了一口气。

“超级英雄终极大穿越！”

·18·
好漂亮的超级英雄服装

虽然卢克二号没有超能力，可是我必须承认，他在紧急情况下确实能想出一个相当好的计划。

另一架直升机起飞了，上面满载着受惊的市民。也就是说，只剩下最后一架了。

“全盘计划的关键就在你身上，星主。”卢克跟我详细解释了他的妙计，然后说。

“好！”我答道，“这世上你找不到比我更胜任的……嗯……关键人物了。”

“哼，可是你应该知道，我们是不会因此就对你感恩戴德的。”

我想反驳，却不得不承认他说得有道理。毕竟是我把吞噬天地怪戈尔登带到这个世界的。不过即使是这样，我依然埋怨他——是他害我气急败坏的。

“我们能信任你吗？”拉拉问。

我还没回答，卢克二号就抢着说：“我们别无选择了。”他伸手搭住我肩膀，“你要保持心灵感应频道畅通无阻，我会在地面进行调度协调。”

“知道了。”

“那你还等什么？快去呀！”

于是我纵身飞上天际，全速攀升。我向侧面瞥了一眼，只见暗翅女侠在一群野鹅的帮助下，紧跟在我身后。全靠那些野鹅不断地拍打着强有力的翅膀，她才能跟上我。她一直盯着我，眼神里充满了怀疑。上升了一百米左右，我们停下来观察战场。

戈尔登发起猛烈攻击，他的超能火力在地平线那里闪出阵阵强光。地面和空中的部队展开还击，在空中划出一道道亮光。无奈地球人的武器根本伤不了他分毫。他用一双大脚狂踩，又用火和激光肆虐，所过之处尽成焦土。我看不到扎克，我的内置星主扫描仪也搜索不到他的信号，可是我不让自己往坏处想。悲剧不可能发生！我千辛万苦来到这里，绝不能重蹈覆辙！

“围巾特攻队首领呼叫星主，你有没有发现目标？”卢克二号清晰响亮的声音在我脑中响起。

“午夜中的陌生人，一见倾心的眼神，夜色迷离，忐忑自问，是否有缘成爱人……”瑟奇竟然在唱歌。

“我饿死了，真的要马上去麦当劳！”这是乔什。

这就是开放心灵感应频道的坏处：随时随地都能知道别人脑子里在想什么。

我向他们抱怨道：“各位，别再胡思乱想了，我们一起集中精力对付这个怪物，好吗？”

我把杂念都清除干净，立即开始执行卢克二号计划的第一步。我全神贯注地盯住漫画书店上方的那一片天空，在脑海里想象出一个画面，然后宣布：“我正在打开主虫洞。”

明亮的天空中立刻出现一块黑渍，黑渍里面有一团亮光开始旋转，就像香草巧克力雪糕上的螺纹。我感觉到了，在多重宇宙的另一端发生了一阵骚动。

“有效吗？”在野鹅拍打翅膀的声响中，拉拉大声问道。

“没有也得有！”

在小镇的另一头，戈尔登继续大肆破坏。到目前为止他还没发现我在干吗，可我不能指望他一直这么糊涂下去。我迅速开启了三个虫洞，然后默默祈祷。刚开始还没有动静，一两秒后，那几个虫洞开始化作人形。四个人形的虫洞在午后的天空中排成一行，就像一条纸片人链。

“他们来了！”瑟奇兴奋的声音在我脑中响起，“他们来啦！”

卢克二号提了一个问题：在我的世界里，左邦选择了我做星主；在他的世界里，左邦选择了扎克；那么在其他世界里呢？卢克一号正是以这个问题的答案为基础制订了他的惊天计划。

“当晚，在每个地球的同一间树屋里，左邦各选定了一个超级英雄。”卢克二号解释道，“没有一个超级英雄能够独力对付戈尔登，可是如果大伙儿联手，也许——只是也许——我们还有一点机会。”

四个戴着面具的人从虫洞里飞出来，身后都有一袭随风飘舞的斗篷。

他们就是从其他宇宙招募来的超级英雄，我们要组成一支史上最强的战队!

“啊?!那是我吗？”瑟奇的声音在我脑子里回荡着。

真的是瑟奇——另一个版本的瑟奇。我不知道他经历了怎样的奇遇，才最终获得了超能力。

我也想不出更好的名字，就姑且叫他“星爷瑟奇”吧。他穿上超级英雄服装，在举手投足间不经意地散发出一种优雅的气质。超级英雄在天上飞，这个情景本来就让人惊叹，可是直到我看见瑟奇的英姿，我才知道原来飞翔是可以这么有风度的。星爷瑟奇的衣服剪裁得很漂亮，低调的浅灰色表明衣服的主人并不屑于向别人吹嘘自己的能耐。大部分斗篷在风中抖动的时候会发出哗哗哗或者啪啪啪的声音，而星爷瑟奇的斗篷则发出沙沙声，仿佛在窃窃私语。他的标志在胸口闪闪发亮，那是一柄银色的三叉戟。乍看之下我还以为是海王用的那种三叉戟，可是他飞近了我才发现，原来那是一把餐叉。

超级英雄战队的下一位成员身上有一双肉肉的翅膀，还有一片老是把斗篷卡住的背鳍。

“是鱼翅大侠！”乔什罔顾我禁止废话的命令，在我的脑海里叫道，“是我呀！不会吧？我也成了超级英雄！喂，卢小克，你看到没有？我也是超——级——英——雄啊！哈！”

“这翅膀违反空气动力学。”卢克二号恨恨地嘟囔了一句。

第三位超级英雄到达时，我身边的拉拉倒吸了一口凉气：“不是在跟我开玩笑吧？！”

朝我们飞来的竟然是她姐姐卡拉！虽然她来自另一个维度，可她确实是如假包换的卡拉。许多超级英雄的性格都很单纯，看脸就能猜到他们心里在想什么，可是卡拉不一样，从她的样子就能看出，她的个性非常复杂。我敢打赌，她的那个宇宙肯定经常下雨，她肯定老是坐在窗前盯着外面，心里充满了悔恨。她穿着一套深蓝和金色相间的超级英雄服装，包括披风、裙子和长筒靴，另加一个神奇女侠风格的金属头箍，头箍上镶着一簇星星。

她叫星卡拉？还是卡拉星？她悬浮在拉拉面前，环抱双臂，用审视的目光从头到脚打量着这位来自另一个世界的妹妹。

“你脚上的靴子是我的？”

“是你的旧鞋。”拉拉答道，语气隐约显得有点畏缩，“妈妈说我可以穿的。”

卡拉还想说什么，可是拉拉看着她身后：“咦？那是谁呀？”她问道，明显是想岔开话题。

我对第四位超级英雄有点很模糊的印象。“那位是……那小子，就是英语课坐最后一排的家伙，你认得吧？”

“不对。”乔什的声音又出现在我脑海里，“我觉得是我上德语课的一个同学，老是拖着两条大鼻涕。”

“你确定？”非超级英雄版瑟奇说，“他像是上物理实验课使用范德格拉夫起电机时出了意外的那位同学。”

我在脑海里听到卢克二号“哼”了一声，显然是不认同。

“星主请示围巾特攻队首领！”我说，“什么状况！”

“没事。”他嘟囔着说，“呃，我不是说没事，而是……我知道我们现在面临世界末日、人类灭绝什么的，可是老实说，你想告诉我，这帮家伙在各自的世界里都排在我前面获得超能力去做救世主？甚至连那个小子也排在我前面？哼，要是我有机会跟左邦见面，我要好好跟他聊一下！”

没时间听他怨天尤人了，于是我开始向几位新来的超级英雄训话。在理想情况下，我会给他们每个人都起一个特有型的超级英雄团队专用称呼，可是我一下子想不出来，再加上还有更重要的事要考虑，只好作罢。

“好了，各位，”我开始说，“我运用我新掌握的一种神秘而出色的超能力将你们从各自的世界召唤到这里，只有一个目的。现在我就要把详细任务向各位讲解一下。”

星爷瑟奇朝着戈尔登正在肆虐的那个方向懒洋洋地挥了挥手：“一个超级强大的坏蛋对这个世界造成了威胁，所以你就在其他平行世界找帮手。这是一次经典的穿越行动，对吧？”

“呃，对，你基本上把来龙去脉都概括了。”

“好，那我们马上开始吗？”

“等等！”暗翅女侠说，“我们先别急着组成正义团队——”

“是联盟，”我纠正她，“正义联盟[①]。”

“哎呀随便吧。我有一个问题：既然戈尔登天下无敌，那么我们怎样才能打败他呢？”

我正要详细解释一番，那个江湖人称“鱼翅大侠”的乔什·坎就抢先一步插话了。

“这种事整天都发生！”他说，“通常来说，那些天下无敌的狠角色到最后总是输得很惨。比如说天启[②]、红坦克[③]、达克

---

① 正义联盟：DC漫画作品中由超人、神奇女侠、蝙蝠侠、海王、闪电侠等组成的超级英雄团队。拉拉记错了，说成“正义团队”。

② 天启：漫威漫画作品中的大反派，变种人的始祖，神一般的存在。

③ 红坦克：漫威漫画作品中的大反派，是与X教授没有血缘关系的哥哥，也是他的死敌。

赛德……还有好多好多。就算你天下无敌，也不等于你是不可战胜的。”

“啊？天下无敌恰恰就是不可战胜的意思呀！”暗翅女侠说。

鱼翅大侠耸了耸肩：“反正漫画书里就不一样，对吧，卢克？”

“对。”我说完，突然发现鱼翅大侠看我的目光很古怪，“怎么？你觉得有什么不妥吗？”

“没有，我只是看到你也获得了超能力，感觉怪怪的，卢小克。老实说，我是松了一口气，因为在我的宇宙里，你错过了机会，所以一天到晚都恨得牙痒痒的，总是不停地抱怨。我的那位卢克真的很烦人啊！”

幸好卢克二号不知道鱼翅大侠是怎么腹诽他的。

“什么？”我脑子里响起一个愤怒的声音，糟糕，我忘了我的心灵感应频道还开通着呢！“他怎么腹诽我？”

我很尴尬，只能装作线路有杂音。“不好意思，围巾特攻队首领，咔嗞……咔嗞……你的话断断……咔嗞……续续的。”

“心灵感应是不会有无线电干扰的！嗐，无所谓了，快开始干正事吧，星主。”

突然，有更多声音进入我脑海里，这回是爸爸和妈妈。看来他们已经从高空坠落的震惊中恢复过来，也看清了四周形势。我看见他们在地面上，正沿着大街走向卢克二号。

“你想有一位超级英雄来捧场，呵呵，你如愿以偿啦。”妈妈说，“实际上，你找到了六位。”

“可是怎么会这样呢？”爸爸说，“这个，这个……他们是……不可能的呀！”

有了！自打那四个超级英雄从虫洞里飞出来之后，我就一直在为我们的团队寻找一个名称，而爸爸无意中帮我找到了，他自己还不知道呢！眼看他们以我为核心组成了世界上第一支超级英雄战队，我感觉到心中又燃起了一丝希望。六位超级英雄，一个共同目标，一个响亮名称。

“好了，‘不可能战队’的队员们，我们一起去拯救世界吧！”

·19·
不可能战队

“不可能战队”这个名称是我在星主的心灵感应频道收听到的最后内容，然后他切断了一切联络渠道，专心去执行那个艰巨的任务了。星主把不可能战队带到这个宇宙里，就算是完成了我计划的第一部分，现在他正在开始执行第二部分。只见星主伸出一只手，在空气中撕开了一个新的虫洞，然后用超能力使这个虫洞不断扩张。小孔不断变宽变长，只需要几分钟，它的大小就足以完成这个任务了。所以在虫洞达到目标尺寸之前，星主和其他超级英雄必须顶住戈尔登的进攻，尽量拖延时间。

六岁的我给了戈尔登无数超能力：微缩射线、热射线、喷飓风、能量射线……这时候，戈尔登尽情施展这些超能力，把主街变成了一片火海。

“卢克，快来！”喊话的是妈妈，“小伙子们，我们马上撤，快！”

我还没来得及表示反对，她和爸爸就赶着我、瑟奇和乔什沿着大街跑向最后一架直升机。

半空中，不可能战队的超级英雄们正在与戈尔登展开恶斗。他们闪转腾挪，用力场抵挡一道道闪电和一波波声波的攻击。可是敌人的攻势一浪接一浪，他们每化解一波攻击，戈尔登马上就会发起下一波。

只见星爷瑟奇掏出他的哮喘药吸入器，并没有狠狠地吸一大口，而是朝着戈尔登喷出一团烟雾，把敌人笼罩在当中。没想到戈尔登竟然一下子把烟雾尽数吸光，然后打了一个宇宙级的超级大嗝儿。

直升机里坐满了乘客，已经准备起飞了。机顶的旋翼不停地旋转，发出呻吟似的声音。还陆续有人跌跌撞撞地从机身两侧的舱门爬上飞机，在每一侧的舱门都有士兵帮忙。爸爸将我托起来，机舱里的人就把我拉进去，瑟奇和乔什紧跟在我后面也进来了。在拥挤的机舱里，我暗暗下定决心：我的哥哥还在外面，生死未卜，不管他是否乐意，反正他是需要我帮忙的。所以我一定要从直升机里逃出去。

爸爸和妈妈是最后一批登机的。他们一进来，士兵就把那一侧的舱门拉上。只听见哐当一声，舱门就锁紧了。另一侧舱门正在徐徐闭合，我硬是从拥挤的人群中穿过，跳出了逐渐变窄的门缝，成功逃回地面。在一片混乱之中，我爸妈竟然没发现我逃走了。

直升机升空时发出震耳欲聋的响声，掀起漫天尘土。

“等等我呀！”我身后传来一个声音。

“瑟奇？”这家伙竟然也跟着我溜出来了，而且还不止他一个！

“好了，卢小克，”乔什搓着双手，说道，“我们下一步计划是什么？”

我还没来得及回答，一股下沉气流猛地把我们掀翻在地，再一下子刮到马路对面。我撞在一个候车亭的侧面，然后滑落在地上。我觉得天旋地转，抬头看时，发现戈尔登脚上那只大凉鞋的鞋跟正向着我踩过来。眼看我就要变成一块粘在人行道上的人肉口香糖了，那位身份成疑的超级小英雄突然俯冲下来，投下一个力场护罩。大凉鞋踩在无形的护罩上，马上弹了起来。可是那一踩有万钧之力，路面顿时裂开一个大口子。在裂缝里，一条主供水管破了，激流喷射而出，还有几根电缆闪出火花。

这时候，闷闷不乐的星卡拉飞下来，挡在我们和恐怖的戈尔登中间。她把双手放在头箍两侧，头箍上那一簇星星发出越来越强的亮光，就像超新星爆发一般。一秒钟后，群星射出一束星尘，击中了戈尔登的肩膀。

戈尔登肩膀一挺，硬生生挨了这一击，然后站稳身体，发射出一束磁力射线作为反击。星卡拉的头箍一下子被打飞，她顿时失去了一件武器。

戈尔登一刻也不停，随即向鱼翅大侠发起攻击，把一堆炽热的熔岩球像暴风骤雨般向他砸去。鱼翅大侠一扭胖腰，想来个急转弯，却无法避开所有的火球。一大团熔岩打在他身上，他顿时失控，旋转着飞了出去，好像已经不行了。我们目送鱼翅大侠翻滚着消失在几栋建筑物后面，都不由自主地屏住了呼吸。一秒后，鱼翅大侠又重新升上半空——暗翅女侠和她的小鸟把他接住了。

“虫洞应该够大了。”瑟奇说。

那个虫洞挂在一百米高的高空，就如同在现实世界中撕开的一个巨大伤口。

星主早就已经算准了。此刻他的斗篷在身后飘动，指挥其他超级英雄各就各位，形成一个半圆形，将戈尔登围在圆心。这个阵势就像用某种镜头把光聚在同一点，大伙儿一起把心灵传动波射向戈尔登。可到底是凸透镜还是凹透镜呢？我总是想不起来，反正是其中一个。

这就是我计划的最后一步。这回是不成功便成仁啊！

“来吧！”我低声说，“开火！”

在那一瞬间，不可能战队的超级英雄们把五个宇宙的威力同时释放出来。

心灵传动波和激光、喷火等武器不同，一般来说是看不见的。可是这次五大英雄联手出击，巨大的威力把空气扭曲成一道支离破碎的、像万花筒图像似的光柱，不偏不倚地击中了戈尔登的黑洞脑袋。

戈尔登站立不稳，朝那个巨大的黑洞倒着退去。在那一刻，我看得出来，他已经看穿了我们的意图，可是为时已晚。他那个没有嘴巴的黑洞脑袋发出一声充满了憎恨的怒吼。

“打得好！”我咬牙切齿地说，“把那东西赶回老巢。”

戈尔登身后的虫洞就像一条更大的鱼张开的血盆大口。不可能战队继续步步紧逼，虫洞的引力在后面拉扯，戈尔登腹背受敌，已经陷入了绝境。

“我们这招管用了！”瑟奇大吼一声。

可惜他高兴得太早了。

只见戈尔登抬起一条腿，重重地踏在地上，然后又抬起另一条腿，也是重重地踩在地上。然后他把两个脚跟深深扎在地里，使出了一个新招：他开始变大！

在短短几秒内，戈尔登的身高已经增长了一倍，然后又长了一倍，他的脑袋已经穿过了云层。他的力量仿佛突然增加了百倍，正一点一点地摆脱虫洞的引力，向不可能战队走去。

“不会吧?!”瑟奇大叫一声，伸手捂住嘴巴。

“他太强大了。”乔什说。

我吓得肝胆俱裂。为什么当初我要给他起一个这么可怕的名字呢？他再这样长下去，真的能把天地都吞了。

就在这时候，奇迹发生了。

我们头顶突然发出一声爆裂的巨响，那是一股超越人类理解能力的强大力量突破音障时的声音。

只见一道亮光划破了天空。

我们看清楚了，原来那是一个正在高速飞行的人形。这个人身上发出耀眼的光芒，瑟奇不得不伸手挡住眼睛。“他还活着！”

他在我们头顶呼啸而过，他的斗篷像骑士的旌旗般飘动，他的眼睛锁定了那个关系全人类命运的目标……

小星侠加入了战团！

现在不可能战队有了七名成员（在我看来，这个数字比六好多了）。小星侠飞到星主旁边，加入了半圆阵型。

胜利的时刻到了——当然，如果接下来的几秒钟内出了什么差错，那就是世界末日到了。

“再推一把，好兄弟！”瑟奇庄重地低声说道，“你一定行！”

宇宙当然不懂得屏住呼吸，可是如果它懂的话，我确信广袤宇宙中的无穷星宿——从熊熊燃烧的超新星，到沸腾炽热的大小恒星，以及每一段喧闹不息的引力波，都会在这一刻陷入沉默。

一切仿佛都暂停了。小星侠与其他超级英雄齐心合力，把所有念力都倾注在心灵传动攻击波上。

就这样，不可能战队发射出一股匪夷所思的强大能量，狠狠地抽在吞噬天地怪戈尔登的身上。

戈尔登踉踉跄跄地退了两步，单膝跪倒在地上，在那一瞬间，所有人都感受到一股强烈的震动波。

可是不知怎的，戈尔登依然死撑着不倒下。

看来不可能战队已经竭尽全力了。我脑海里突然闪过一个念头：他们快油尽灯枯了。可是我很清楚，我哥心里是不会出现这种念头的。

扎克抵挡小行星天劫的时候，我和其他人一样，都是通过卫星信号观看全过程的。苏-邓纳姆入侵时，我和他一起在外星人的母舰上，不过那时候他患上了外星重感冒，战斗力大打折扣。所以这次是我第一次亲眼看见他——

使出了小星侠的十成功力！

只见他从超级英雄的半圆阵列中飞身跃出，在眨眼之间就达到了最快速度，像闪电般击中了戈尔登的胸膛。那怪物再也支撑不住，踉踉跄跄地连着倒退几步，一翻身掉进了虫洞。

洞里传出一种古怪的声音，仿佛有一万个人同时用吸管喝一杯黏稠的奶昔。紧接着，分隔两个世界的一圈黑色界线彻底闭合，只剩下一条逐渐变淡的裂痕。最后，一道绿色的极光闪过，连裂痕也随之消失，这场惊天动地的大决战终于结束了。大战使主街变得满目疮痍，滚滚浓烟一直升到半空中。还有几位筋疲力尽的超级英雄在暮色中飘浮。

吞噬天地怪戈尔登已经不复存在了。

·20·
跳跃吧，卢克！

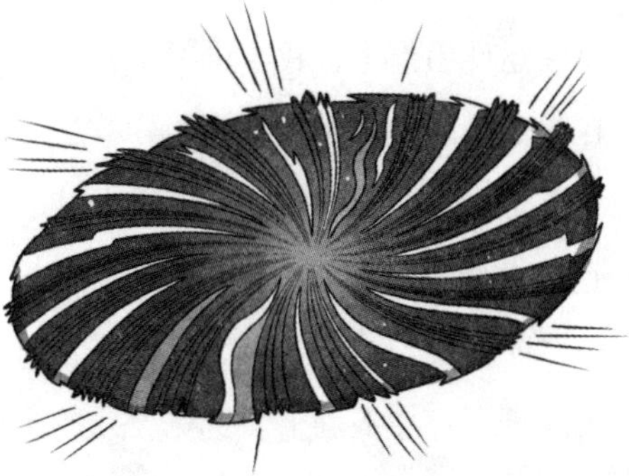

喧嚣和混乱过后，四周显得特别安静。我只听见微风在街道两旁光秃秃的树枝间掠过，还有远处直升机旋翼的突突声。一个星期六的下午，本来繁华热闹的主街竟然会变得这么安静，感觉真的很奇怪。我脑海里突然闪过一个恐怖的念头：难道扎克被戈尔登抓进虫洞里了？这时候，一朵白云飘过，露出了背后一个纤细的人影——扎克还在！

我脑子里响起扎克虚弱的声音，他的心灵感应变得时断时续。

“下次就别玩王中王卡片了。”他说，“我们就玩一下串串字连环[①]好了。那种游戏最安全，就算玩也不会弄一个跨维度怪

① 串串字连环：一种经典串字游戏。

物出来毁灭世界。”

“你要我说几次才明白？这次不是我的错！”我抱怨说。其实在那一刻，我已经不介意谁对谁错了。无论我原来对星主有什么看法，可是在这件事情上，我不得不承认，他干得真棒！经过这一役，我在对他不满之余也生出了两分敬意。没错，他当初如果小心谨慎一点，就不会差点儿带来世界末日了。可是人非圣贤孰能无过，我们谁没犯过错呢？

小星侠一动不动地浮在蓝天上，就像一名与激流搏斗过后的游泳者筋疲力尽地漂浮在海面上。这场大战把他身上的能量消耗殆尽，他需要星光照射好几个小时才能恢复过来。我正想着扎克怎么还有力气继续飘在空中，他却突然向下急坠。

星主就在附近，连忙伸出一只手，用所剩不多的能量接住扎克，把他轻轻放在漫画书店的天台上。我等扎克被安顿好之后，马上拔腿跑去书店天台找他。

“星主在干什么？”瑟奇问。

星主在天空中打开了四个虫洞。第一个虫洞刚成形，他就挥手把那位身份成疑的超级小英雄推进去了。

“我觉得他是要把不可能战队的成员都送回各自的世界里。”

下一个轮到鱼翅大侠。星主一把将他扔进虫洞里，连欢送仪式也没有。

“太不公平了！”乔什抱怨说，“我还打算跟我自己见一面，好好夸奖自己一下呢！”

星主看起来好像很着急，接连把其余的超级英雄推回虫洞，仿佛要赶着去站最后一班岗。如果我不是亲眼看着他们并肩作战拯救世界，我一定会说他不想大伙儿留在这儿。他为什么要这样对待同生共死的战友呢？除非……

“啊！不会吧?！”我有一种非常不祥的预感。

“出什么差错了？”瑟奇问。

虽然我们刚刚击败了一个天下无敌的超级巨怪，可是我心中这个不祥的预感告诉我，一件更加可怕的事马上就要发生了。

“现在只有不可能战队能够阻止他！”我答道。

我撒腿狂奔，因为我要和我的邪恶分身比谁更快！星主引诱扎克去他世界的阴谋已经完全破产，可是他还不死心呢！

我们三人跑回漫画书店，发现里面已经成了一片废墟。书架横七竖八地倒在地上，顾客们逃跑时都踩在了漫画书上。我也顾不得许多，只是一门心思往楼梯上跑。瑟奇和乔什落在我身后，可我已经等不及了。

我跌跌撞撞地跑到天台门前，嘭的一下把门撞开，正好看到星主的背影。我上来的时候并没有开启潜行模式，当然被他察觉了。星主转过身来，手里抱着不省人事的扎克。

“卢克，小心啊！”这声呼喊来自上方——拉拉正悬在半空中动弹不得，就像一只被钉成标本的蝴蝶。她肯定也发现了星主的阴谋，所以被他用超能力固定住了。拉拉拼命挣扎，却怎么也摆脱不了星主念力的束缚，因为星主比她强太多了。

我身后传来脚步声，是瑟奇和乔什赶到了。星主的头一点，天台门嘭的关上，把两人拦在楼里。星主用念力把门封死了，不让他们上天台。

现在就只剩下我跟他两人了。

我向前迈出一步："扎克他……"

"别过来。"星主语气中带着警告的意味，"扎克没事，只是累坏了。你不用担心，他和我在一起很安全。我答应你，我绝不会让他遭遇不测。"

这时候，我看到他身后有一件东西在空中飞过，我还以为是陨石。当这件东西飞近了，星主用念力把它抓过来，我才发现这是一个蓝色的金属方块，表面还有一层层玻璃材质的条纹，有点像摆在书案上的小饰物。

"这是什么？"我问。

"姑且算是最后一点善后工作吧。"星主说，"现在是时候走了。"

"我绝不让你带走我哥！"话虽如此，可我实在不知道怎么阻止他，而星主当然也很清楚我根本无能为力。

"沙鼠和火箭靴不算什么，我今天才知道我能把人送去别的宇宙。我是开左邦的飞船来的，不过现在已经不需要了。”

星主眨了眨眼，身后出现了一个虫洞。在短短几秒间，这个虫洞就从葡萄干那么小变得很大很大，就像一个巨型肉桂卷似的悬在书店上空。随之而来的当然是一阵天摇地动，震起一团团烟尘灰土，在空中四处弥漫。

他转身面向虫洞。

“等等！”我越来越绝望了，“你要扎克干什么呀？”我伸手指着主街上的一片片废墟，“我们不是已经弄清真相了吗？你的世界根本就没有什么超级大反派！”

星主依然沉默。

“你为什么要他去呢？他在每一件事上都比我们强，每个人都喜欢他多过喜欢我们。可是最重要的是，你明明已经有你自己的扎克了，为什么还要抢我的扎克呢？”

透过滚滚烟尘，星主仔细打量着我。他好像突然做出了一个重要的决定。

“有一次你问我，做超级英雄是什么感觉。我们通常会说‘能力越大责任越大’之类的长篇大论，可是我原来根本就不懂那些道理的含义。等我真正理解时，一切都太晚了。小行星天劫威胁我的世界时，我是唯一能够阻止它的人。我拥有那么多超能力，我迫不及待地去证明自己。可是……”他的喉咙似乎很涩，只能勉强说下去，“可是我并没有履行自己的责任。我在太空中改变了小行星的飞行轨道，拯救了地球，受到大众的欢呼。可是当我回到地球时，我发现自己的家已经被一块陨石碎片摧毁了。爸爸和妈妈奇迹般地生还了，可是扎克……”他低头看着手中那个不省人事的人，“我拯救了世界，却救不了他。”

原来扎克死了，被小行星天劫砸死了。

我脑子里嗡的一下，突然觉得很恶心。失去了扎克，我的人生会变成怎样？我无法想象。没有人帮我搞定吃剩的麦片粥，没有人跟我抢热水洗澡，没有人会因为鸡毛蒜皮的小事跟我吵个不停，妈妈和爸爸也不会幽怨地拿我的成绩单跟扎克比较……没有扎克的世界太可怕了！恶心的感觉越来越强烈，我觉得胃部一阵绞痛。失去哥哥……这念头想一下也让我心如刀绞，要是真的发生这样的事，我肯定会疯掉的。可怜星主真的失去了扎克……我连忙提醒自己：那是他的扎克！我的扎克还活着！他好端端地和我在一起，就在这个屋顶上！

我突然意识到星主的真实意图，顿时如堕冰窟。他为什么要穿越平行宇宙、历尽千辛万苦来到我的世界呢？一开始我还以为他想取代我的位置，哪知我大错特错了。

他是想用我哥取代他哥。

“我连说再见的机会也没有。”星主说，“你的机会来了。”

我没办法——也不愿意——说再见。我冲口而出：“不要！”

虽然明知是徒劳，可我还是伸出一只手。也许我希望自己能够突然获得超能力吧。在许多漫画书里，故事往往到了最后一页才发生惊天逆转，不让坏蛋战胜好人。在那一刻，我也需要这样的桥段发生在我身上。可惜我在现实中只能眼睁睁看着星主跨过栏杆，抱着扎克朝那个正在缩小的虫洞飞去。我听见自己失声尖叫，可是叫声马上就被虫洞里旋涡的噪声吞没了。

在黑暗背景的衬托下，两个人影发出像星光般璀璨的光芒。扎克抬起头，脸上尽是迷惘和错愕的表情。我俩的目光刚刚相接，他就消失了。

虫洞继续缩小，在一两秒内就会完全消失了。星主忘记了一件事——我和他是同一个人！为了找回他哥哥，星主不惜付出一切代价。

现在轮到我了。

我后退几步，脚跟一蹬地，高速助跑、起跳，只觉得膝关节一紧，整个人从屋顶跳了出去。到了半空中我才发现，从漫画书店屋顶到虫洞的距离好像比我预计的要远！糟糕！我可能跳不过去！可是一切为时已晚。我的眼角瞥见瑟奇和乔什在天台上，正在对我叫嚷。我听不见他们吼什么，只听见自己可怕的呼吸声。

然后我就什么也听不见了。

·21·
卢克找哥哥

我重重地砸在书店后巷的垃圾桶顶上。我扭动着滑到地面上，然后检查身体哪儿受伤了，想不到自己竟然安然无恙！这也许是到目前为止唯一的好消息了。扎克已经被星主绑架去了另一个宇宙，而我却被困在自己的世界里。我彻底失败了。我爬起来，一瘸一拐地走到书店前门。不，也许我还没有彻底失败。我这就召集围巾特攻队开紧急会议，商量新的对策。

我闻到了一股炸薯条的香气，只见一个顾客从书店里走出来，手里拿着一个纸袋，袋子上印着一个我不认识的商标。他走到我身前的时候，那股炸薯条的气味就从纸袋里飘出来。等他从我面前走过，我才看清前方的景象。

爸爸的漫画书店竟然变成了一间快餐店。

我缓缓地抬起眼睛看着店门，爸爸新做的招牌已经不知去向，取而代之的是一个没听过的名字。

“卤鸡店？”

瞬间之后我就明白了。

这个并不是我的世界！

我成功啦！我来到了另一个地球！我顿时觉得天旋地转，脑袋好像转得比闪电侠的双腿还要快。我踉踉跄跄地走在马路上，过往车辆响起愤怒的喇叭声，可是我已经头晕目眩，就当没听到好了。我必须找到扎克，却不知该往哪个方向走，也不知该从哪里开始寻找……我呆呆地站着，心中的郁闷越来越强烈。

这种情绪对我和扎克没有半点帮助，我要振作！于是我闭上眼睛，尝试联络扎克。

“什么什么我在哪儿？”

这是扎克的声音！他真的在这里！

“什么什么小心他有一头豹猫。”

也许不是豹猫……不过老实说，我很难听清扎克在想些什么，而且不管我怎么努力，也无法让他听见我。这和以前星主干扰心灵感应信号不一样，这次就像有人用一张厚毛毯把扎克的思想都屏蔽了。

不是毛毯，而是力场！如果我的直觉没错的话，星主是故技重演，像囚禁我一样把扎克关押在树屋里了。

我突然听到一阵柴油发动机的轰鸣声和刹车的吱吱声，原来是227路公共汽车按照惯例停在了原漫画书店门口的车站前。哈！227路车可以载我回家，回到家里我就能找到扎克了！我不假思索地跳上车。幸好，我的月票在这个维度也通用。我坐在一个靠窗的位置，汽车开动了。

上个月我才飞上太空，登上了外星侵略者的母舰，而现在我竟然到了另一个维度中的地球。老实说，我觉得有点失望，因为这里既没有人开悬浮车做交通工具，也没有城市飘在空中。这里基本上和我的布罗姆利镇没什么两样。不过仔细观察的话，以漫画书店为例，我就能看出来，我其实来到了另外一个地方。路两边的广告牌上张贴着许多电影海报，大部分我都没听过，只有一个例外：《星球大战》！原来星战系列在所有宇宙里都是一样的，我顿时觉得心安了不少。不过在这里，麦当劳的那个圆拱的黄色稍稍有点不一样。此外，条纹套头毛线衣在这里特别流行。

在这片熟悉的土地上，我成了一个陌生人。

当然还有其他比较大的差异。比如说我们的车在图书馆站停下来时，我发现图书馆没了。我指的不是因为建筑物受损而暂时闭馆修葺，而是整个图书馆已经被摧毁，现场只剩下一个巨大的陨石坑。我坐在公共汽车顶层看下去，见到一圈临时搭建的栏杆把这个伤疤似的大坑围起来，栏杆上面贴满了“危险勿近”的警示语。

公共汽车继续轰隆隆地往前开着，沿着既定线路开进了郊区。我们经过一排涂着白漆的房子，当中缺了几栋，就像一排不整齐的牙齿。本来应该矗立着房子的地方如今只剩下一堆残垣败瓦。在我看来，这些劫难的罪魁祸首是谁，再清楚不过了。

小行星天劫。

在我的世界里，小星侠成功拦截了那颗致命的小行星，迫使它改变飞行轨迹，只有少数几块碎片击中了地球。可是在这里，星主保护地球的任务好像做得不太成功。

公共汽车在我的车站停下来，天上正好开始下雨。我跳下车，跑了很短一段路就来到了摩尔街。也许星主和我选择了不同的人生道路，可是我们依然生活在同一条街上。路边有一群群流浪狗和流浪猫在游荡，就像两个对峙的黑帮。人行道上的裂缝没人修补，已经长出了野草。在这个地区，我感觉人类文明虽然还没灭绝，却已经到了苟延残喘的境地。

我从拉拉和卡拉的房子前面经过，透过二楼卧室的窗口瞥见了拉拉的身影。我不想被她看见，以免她问我许多尴尬的问题。于是我低下头，加快脚步走开。

雨中的人行道变得湿滑，我的运动鞋踩在路面上，发出啪嗒啪嗒的声音。我来到摩尔街128号，站在家门前，却发现我家已经和图书馆一样——没了。这里也有一圈栏杆围住房子的遗址，还有一个写着“危险勿近”的标志牌。虽然星主告诉过我，他的家已经被小行星天劫夷为平地，可是现在我亲眼见到，观感又完全不同了。我全身发抖，想倚在一根残存的门柱上稳住身体。可是我的手一碰，那根柱子就歪了。我想象着星主来到我的世界，看到那个完好无缺的家，他会多么触景生情啊！

我耳边又响起了他那番可怕的话。扎克已经死了，没了。不，死的那个不是我哥，我反复提醒自己。塌的不是我家房子，死的也不是我哥。那是另外一个扎克——扎克二号！他和我哥虽然有相同的名字、相同的童年，却在不同的宇宙当中。我拼命揪住一个念头不放，就像抓住救命稻草似的：刚才我才见过扎克，他分明是好端端的一个大活人！可是为什么我喉咙好像被什么东西堵住了？为什么我要竭力忍住才能不让眼泪流出来呢？

我想起小时候有一次，扎克因为腿骨折而被送去医院急救。在一片混乱之中，我被大家遗忘了，没有人花时间向我解释一下到底发生了什么。我还记得当时自己站在急救室门外，被消毒水的味道呛得喘不过气来。目送着他们用轮床把扎克推过几扇双向自由门，我不由自主地抽泣起来，因为我以为再也见不到他了。此刻站在雨里，那种生离死别的感觉重新涌上心头。

“喂，卢克！”我给自己打气，“振作点！集中注意力，认准目标！”

我从栅栏之间的空隙挤进去，然后绕着里面的一个浅坑踱步。坑里除了瓦砾和砖头，还有残存的一部分厨房。最不可思议的是一堵墙竟然还立着，墙上还镶着爸爸自己动手做的一个储物架。爸爸做的东西通常寿命不会超过一个星期，可是这个储物架经受小行星撞击后竟然还能屹立不倒！我用大脚趾拨开瓦砾，把地上一个焦黑的东西翻过来：原来是我的绿灯侠闹钟，已经被烧得面目全非了。

后花园也是一片荒芜破败景象，可是那棵孤零零的大橡树依然用茂盛的枝叶呵护着怀里的树屋。树屋的一侧比另一侧矮了一截，应该是在小行星袭击的时候发生了沉降移位。除此之外，我的树屋似乎并没有什么破损，而且里面应该是空的。我弯腰捡起半块砖头，拉开架势，用力扔过去。如果星主设置了力场，这个投掷物砸中无形的屏障就会反弹出去。只听啪的一声钝响，板砖敲在树屋上，跌落在地。这下子就确定了，这里没有力场——这当然也意味着扎克不在这里。他到底在哪儿呢？我绕了一大圈，又回到了原点。

“卢克？”

我连忙转身，看见拉拉从栏杆缝里钻出来。

“我就猜到是你。”拉拉说着，小心翼翼地走过凹凸不平的地面，打开一把伞，站在伞下端详着我，“我从窗户看见你了。”

她看起来和我的拉拉一模一样，可是我暗暗提醒自己，她和我的拉拉不是同一个人。我一定要小心，哪怕说错一句话也会暴露我的真实身份。

“德文好玩吗？”她问。

“德文？”

“对啊，德文郡那个多功能探险基地呀。”

当然了，那是星主编出来的借口。“哦，很好玩。”我撒谎道，“我们玩游绳滑降，独木舟，呃……”人们参加那类活动时还会做什么呢？“骑牛。”

“骑牛？”拉拉歪着脑袋，用好奇的目光审视我，“你怎么看起来有点不一样了？”

糟糕！我才说了几个字，她就已经怀疑我了。“这个……这几天我刻苦锻炼，跑来跑去爬上爬下的，我的自尊心当然已经膨胀到这里了。”我一边说一边把手举过头顶。

“不，我不是说这个。”

“我剪头发了。”我再次骗她。

“才没有呢！”她绕着我转圈，全方位多角度地观察我，“你的发型和原来一样丑。”

“我发型怎么了？”我知道发型这个话题微不足道，可我就是忍不住想问个究竟。

她用鼻子哼了一声：“首先，你应该每天洗头。你们男孩子怎么那么不喜欢肥皂呢？”

这时候，一只毛茸茸的小动物从残存的橱柜下面窜出来，从我们两人中间穿过。

“啊！老鼠！”拉拉尖叫着往后跳，手中的伞转起圈来。她一边发抖一边说：“恶心的东西！自从末日以来，这地方就鼠满为患！”

“末日？”

她疑惑地瞄了我一眼。

哦，末日！她当然是说小行星天劫撞击地球那天了，可惜我领悟得晚了。在我们的世界里，人们把这一天定为法定假期，还据此拍了一部电视电影呢！可是这里的人把这一天命名为“末日”，可见这个世界的这一天比我的世界的黑暗得多。我忍不住想，这里的小孩子学字母时，会不会说“A是APPLE里的A，B是BOOK里的B……N是NEMESIS（天劫）里的N”呢？

这时我听到一连串吱吱声，原来刚才那只老鼠有了一个小伙伴。它们俩竟然在光天化日之下野餐，吃着厨房里的食物残渣。这街上有那么多流浪猫，这两只老鼠不是作死吗？

“你能不能劝它们到别处躲一躲？”我向拉拉提议道。

“你在说什么呢？”

“当然是说你的超能力啦。”

“啊？哈哈哈，你可真幽默。这里只有星主一个人有超能力好不好？我可没看见他，你呢？”

她不是在说笑。

地球的自转速度是每小时一千七百公里，拉拉说那句话的时候，我觉得自己的脑袋好像在跟着地球一起转。换句话说，在这个世界里，拉拉并不是暗翅女侠，她也不知道星主的真实身份。我一下子蒙了：拉拉·李竟然不知道她的邻居卢克·帕克是一个超级英雄。

我这才意识到，这个世界跟我的世界相差有多么远。我本来还指望围巾特攻队能正常运作，可什么算是正常呢？我们做的事还不如头上顶着一条鱼、嘴里吹着笛子来得正常呢。最惨的是，我没有了围巾特攻队的支援，一下子陷入了进退两难的绝境。要想胜利完成这个任务，我就必须获得帮助。事到如今，也只能放手一搏了。

“你说的对，”我说，“我确实没有剪头发，而且我确实不一样了。因为我并不是你认识的那个卢克，而是跟他几乎完全相同的另一个版本。我是来自另外一个宇宙的卢克。”

她叹了一口气，转身走开。“我们学校见吧，卢克。”

拉拉当然不相信我的话了，所以我必须想办法说服她。有什么办法呢？

“拉拉，等等！我有证据！”

她停住了脚步，肩膀往下一沉。从这个姿势来看，她确实在认真考虑我这个荒诞不经的说法。我举起拉拉的电话，心中一阵内疚——漫游话费可贵了——然后打开了手机。“这手机是你的。我是说，这手机属于生活在我的宇宙的那个你。”

“哇！另一个我竟然有智能手机?！”

“对啊，因为——”我开始结巴了，“哎呀无所谓了。这手机里面就有你要的证据，问题是——”

“哼，我就知道会有‘问题’！”

“这手机上锁了，我不知道密码。”我把电话递给她，“你试一下呗。”

拉拉不太情愿地往回走了几步，很不耐烦地一翻手腕，把一根手指放在指纹扫描键上。手机锁一下子就解开了，主屏幕也立刻显现出来。

“嘿，好家伙！”她环抱双臂，“可我怎么觉得你这是玩了一个很厉害的把戏，却不能证明你来自平行世界呢？”

几秒钟后，我找到了我要找的东西，于是把屏幕转过去给她看。这是我的拉拉在星主欢迎会上拍摄的，只见树屋里站着她、扎克、瑟奇、卢克……还有另一个卢克。

平行世界的拉拉一下子就被吸引住了，立刻凑上来仔细端详那张照片。

“其实，你第一眼看见我，就知道我不是你认识的卢克。你仔细回想一下当时的感觉？你心里知道自己的直觉是对的。”

我看得出来，她已经动摇了。

然后拉拉站直了身子说道：“我们就假设，假设这不是一张用Photoshop软件修改过的可以以假乱真的照片，假设我真的相信你，那我有一个问题……不，我其实有好多问题，可是我得先问这一个。”

“问吧。”

她伸出一根手指指着手机屏幕：“为什么我穿着超级英雄服装？”

·22·
暗黑版卢克

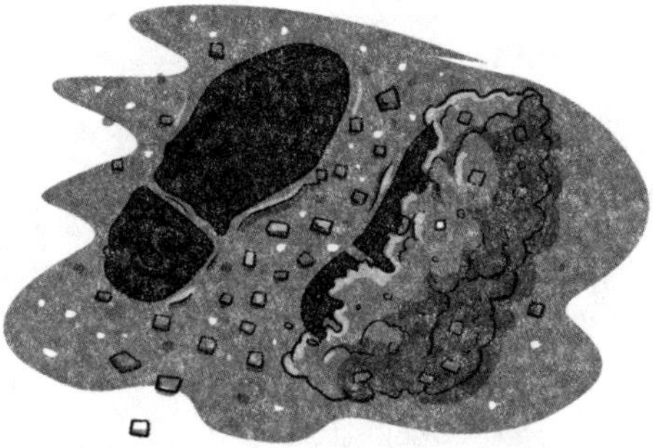

我哥是超级英雄……我也是。我叫卢克·帕克，住在伦敦一个治安良好、民风和善的地区。我家里有妈妈、爸爸和一个名叫扎克的哥哥。好吧，我说早了，因为我还要等几天才能带他回去见爸爸和妈妈。可是有一点可以肯定：扎克很快就能成为我家的一分子了。

目前来说，我把他妥善安置在一个没人能看见的地方，这地方的安全系数简直可以比得上关押绿巨人的伽马基地了。奇斯尔赫斯特洞穴位于郊区地底，是一组蜿蜒曲折的人造地道，总长超过二十英里（约合32.2公里）。它的主入口距离主街只有一英里（约合1.6公里）多一点。传说这些地洞是在将近四千年前挖的，是德鲁伊教[1]的祭司进行活人祭祀仪式、把人血奉献给太阳神的地方。洞里的气氛很古怪，既有伦敦郊区的现代气息，也有亘古流传的凶险血腥气。虽然这是一个恐怖的古代杀人窟，可是从这里走出来不远就有一间博姿药妆连锁店。

我避开主入口，穿过停车场，绕到咖啡馆后面。在一片树丛中有一个由两块厚石板撑起来的小石洞。这里地处偏僻，远离众人，而且布满青苔的洞口特别阴暗，不容易被人发现。我小时候曾在这里尝试建造蝙蝠洞基地，可是很快就放弃了。我既怕黑，又有幽闭恐惧症，所以用地穴做我的蝙蝠洞基地实在是傻透了。不过现在我已经长大了不少，也没那么容易被吓着了。

我打开手提灯，一头扎进黑暗当中，沿着一条只有我知道的秘道，走到山洞的深处，在一个巨大的洞穴里找到了扎克。他背靠着粗糙的石壁正在熟睡。他的双腿伸直搁在凹凸不平的地上，脚下垫着我给他铺好的毯子。我借着灯光仔细端详他的脸。经过与吞噬天地怪戈尔登的一场激战，他的超能力已经消耗殆尽，这对我来说再合适不过了。拥有十成超能力的小星侠也许会给我造成很大麻烦，一个我没有把握能解决掉的麻烦。所以我不敢让他完全恢复，除非他真心实意地甘愿留在我的世界里开始新生活。

---

① 德鲁伊教：分布在英国及欧洲大陆的凯尔特人信仰的宗教。

扎克很需要休息。看他睡得这么安详，却要把他叫醒，我心里不免有点内疚。可是我们有些重要的事需要讨论，所以我只好摇了摇他的肩膀。

他动了一下，然后坐起来揉着眼睛，问道："我这是在哪儿？"

"你回到家了。"我掏出一包荧光棒，拿几根出来扔在各处，为洞里照明。

他用怀疑的目光往四周瞥了一眼，"这里看起来不像我家嘛。"

"呃，这里的确不是家。可我总不能贸然带你去见妈妈和爸爸呀。至少现在时机还没到。"

"我在你的世界里？"

"现在这也是你的世界了，扎克。"

我看得出来，扎克听懂了这句话，然后就把它忽略过去了。他抿着嘴说："我渴了。"

我伸手进背包拿了一瓶水出来。他接过去就咕嘟咕嘟整瓶喝光，一滴也不剩。然后他拿着空瓶，把瓶盖拧来拧去。

"卢克说的没错，根本就没有什么超级大坏蛋来威胁你的世界。"他的声音中夹杂着诧异和失望，"你捏造这个故事就是要把我骗到这儿来。"

"我知道要是我把真相告诉你，你一定不肯来。"

“真相是什么？”

于是我把前因后果如实告诉了他。

我好不容易才向他解释清楚：在这个世界里，他被小行星天劫砸死了，这一切都是我的错。他听完很震惊，随即勃然大怒，幸好我已经做好了心理准备。不过他真的很生气，上一次他这么生气是在许多年前，当时我把他的一篇获奖作文塞进了宠物沙鼠的笼子里做垫子。

“马上送我回去！”我一说完他就命令我。

这当然是不可能的。“这里有一本杂志和几块三明治。”说完我把杂志和一包洋葱奶酪全麦三明治递给扎克。

“《火车模型爱好者月刊》？哼，我才不要呢！”扎克把杂志塞回我手里。

“可是自从你去约克郡参观‘飞翔的苏格兰人号’列车之后，你就爱上火车了呀？”

“没这回事！”他说，“我们本来打算去的，可是我的扁桃体发炎了。”

“啊？”

“而且我也不喜欢洋葱奶酪三明治。”

“可这本来是你的最爱呀！”

“我曾经喜欢过，可是有一次在火车餐车上吃了一顿特别恶心的，从此就有了心理阴影。这也是我不喜欢火车的原因之一。”他把三明治也塞回我手里，“我和你哥不是同一个人！”

“你们就是！”我吼道，也许我有点太凶了，“你们俩就是一模一样的人！这是量子物理的常识！”我原本就估计扎克不会顺利答应，却想不到他竟然抵触得这么厉害，我必须多给他一点好处。“你从来都不想做超级英雄的，对吧？”我问。

扎克不说话，我觉得这意味着他愿意听我详细说下去。

“在这个世界里，你不需要做超级英雄。你不用飞来飞去、救这个救那个，这些活儿都交给我好了，你就做回你自己就好。”

身为小星侠，他的贡献非但没有得到认可，还受到政府的诸多限制，平时他还要煞费苦心去掩饰自己的身份，早已焦头烂额。我知道扎克已经受够了，我开出的条件其实是帮他卸下肩上的千斤重担。我看得出来，他动心了。

“我还是不能留在这里。”他终于说，“我有自己的生活……我的家人，还有我的家。”

“可是我们就在这里，我们都在这里呀，扎克。”

“不一样的，你们不是——”

“我是！我就是你弟弟，我是卢克呀！”我低头看着他，“请你不要再离开了我好吗？”我知道这几句话比任何超能力都管用。他脸上迷惘和愤怒的表情逐渐融化，终于在我眼前消失了。

“你先出去吧。”他轻声说道，然后转身背对着我。

我把杂志和三明治放在他身旁。“要是你改变主意的话……”然后我拾起手提灯，走到这个大山洞的出口——一个低矮的石拱，弯腰准备出去，又停住了脚步，“你别想着逃跑，因为你的超能力太弱了。就算你能想办法突破我的力场，你也找不到出去的路。”

扎克没有回答，只是坐在那里呆呆地看着前方，于是我转身走进了那条迷宫似的地道里。我一边前进一边用念力把脚印抹掉，不留下半点痕迹。就算有人无意中从入口闯进来，也不会找到任何蛛丝马迹。在洞口，我把手提灯藏在石壁的一个凹槽中，然后走出山洞，来到一片鸦雀无声的矮树林里。我和扎克的会谈没有预想中那么顺利，所以我更加需要让头脑清醒一下！我决定绕路回家。

我绕去了阿尔卑斯山。

我以超声速飞过一条条山路，呼吸着冰凉的新鲜空气。我先是在勃朗峰[1]玩了一次桶滚，把几个登山客吓得屁滚尿流；然后又在日内瓦湖掀起轩然大波。最重要的是：扎克已经回来了。一开始他当然会有各种抱怨，不过这都是正常的。现在他根本无法回到他的世界去——我用妙计封死了他的归路，所以

---

① 勃朗峰：阿尔卑斯山脉的最高峰，也是西欧最高峰，海拔 4 807 米。

当他不得不接受这个现实之后，我敢肯定他必然会努力适应新的环境。这就是扎克，他总能随遇而安，所以用不了多久，他就会重新快乐起来了。

我给自己打气，我很久没有这么快乐过了！我成功改写了过去，未来已经掌握在我手里！一切都是我的啦！

好吧，我不得不承认，我现在确实有点“邪恶分身”的劲头。

可我并不是坏人，我还拯救了世界呢——虽然我拯救的只是我的世界。反正我就是好人！我挽救了几十亿条性命，就算我从隔壁宇宙诱拐一个十四岁的男孩回来，那又如何？一比几十亿，我能算是超级大反派吗？当然不算！我从小行星天劫手中抢回亿万生灵，保住了无数家庭，要是在他们当中做个民意调查，我敢打赌，他们一定会认同我的。

我回到家时正好赶上晚餐时间。我先回卧室挂好超级英雄服装，不经意地看到了我那台新的绿灯侠闹钟。

在另一个宇宙，卢克二号这时肯定也坐下来吃晚餐了。一种突如其来的负罪感猛地刺痛了我的心，我连忙撇开这种感觉，下楼和爸爸妈妈吃晚餐。

餐桌上依然摆着一个空碟子。自从出事以来，那个空碟子就一直摆在扎克的位置上。不过这个位置很快就会有人坐了——这都是我的功劳！现在的问题是，我怎样才能把扎克带回到这个家呢？我曾花了很多时间去想这个问题。首选方法当然是洗脑术了！——我可以控制人的思想，改变他们的记忆，弄得好像扎克从来就没死过。只可惜我没有控制思想的超能力。后来我脑子里灵光一闪：有一个简单的方法能实现我的目标，哪用想那么多复杂的手段呢！没人找到扎克的遗体，我完全可以说人们搞错了：扎克没有死，只是被小行星天劫砸得失忆了，一直在外面游荡，直到现在才找到回家的路。爸爸和妈妈肯定不会怀疑的，因为不管怎么说，扎克就是扎克。除了对火车的喜爱和对三明治的口味有些不同，这个扎克和他们的扎克几乎一模一样。当然，这个扎克还有超能力，不过这个差异并不是什么大问题，因为我敢打赌，他会很乐意把自己的超能力都隐藏起来，把超级英雄的好事都留给我去做。

“我们不是说好今天放学一起做喂鸟器的吗？”爸爸说，“你去哪儿了？”

“我飞去阿尔卑斯山了。”我答道，“人人都跑去看马特洪峰，其实日落时的大克洛克纳山才壮观呢！那山峰太美了。”

爸爸以为我在说笑，发出一声疲倦的叹息，然后把土豆递给我。

我一下子没接好，几乎把碗摔了。

“卢克，小心呀，儿子！”

我没有仔细听，因为我脑子里突然闪现出一个恐怖的念头：

我离开扎克时，是否忘了重新激活力场？扎克那么虚弱，按理说是逃不掉的，可是我不能冒这个险！没问题，我就从这里远程激活吧。于是我全神贯注地把强大的超能力发射出去，穿过布罗姆利镇的郊区，一直到达扎克的藏身之所。我咬紧牙关，豆大的汗珠从额头滑下来。力场，力场，力……

“卢克？”妈妈打断了我的运功，她压低声音问，“你要上厕所吗？”

“不！我不用上厕所！”我气急败坏地说。

“可是看你样子就是想上厕所嘛。”爸爸对妈妈的话表示赞同，他往碟子上放了一大堆沙拉，然后把装蔬菜的碗递给我，“来点粗纤维助消化？”

晚餐后我上楼回自己房间做功课。就算有超能力，我也得学习并列连词和从属连词。我把鞋子踢飞，然后躺在床上。功课嘛，不急着做。我这次大功告成，很应该给自己一点奖赏作为庆祝。我知道我想要什么：虽然我已经把自己宇宙的漫画书都看遍了，可是外面还有无穷个宇宙呀。

我在脑海里想象着我要的东西，很快空气中就充满了炸薯条的气味，我的卧室也开始晃动起来。装袜子的抽屉从柜子里滑出来砸在地板上，天花板上出现一条裂缝，石灰粉像雨点般撒下来。终于，一个闪闪发亮的矩形出现在床的正上方。

一本漫画书从虫洞里扑腾着飞出来，啪的一声落在地板上。

我把书捡起来看了看封面，如我所料，也如我所愿，正是我要的那本！

《蝙蝠侠大战达斯·维德》，不可能的穿越混搭变成了现实！这本书的气味、感觉，还有官方标志，都证实了它不是粉丝自己创作的同人作品，而是正规出版物。这本穿越漫画隐藏在无穷多维宇宙当中的某个角落里，我只需要动一下念头就能拿到手上，太爽了！

卢克二号还瞎担心我这样做会扰乱宇宙，我可一点也不怕。我想起过去有段时间爸爸在节食，我却在工具棚碰见他正大嚼品客薯片。他当时说了两句话，第一句是："别告诉你妈！"然后他补充道："多吃一片薯片，不会有什么影响的，对吧？"呵呵，按照这个逻辑，宇宙里多一个虫洞也不会有什么影响的，对吧？

我把这些不愉快的想法抛诸脑后，舒舒服服地躺下来，看看到底谁能打赢这场万众期待的对决：是黑暗骑士还是西斯尊主？我翻开第一页，心里却盘点着这次行动的最大收获：我终于把扎克找回来了，很快爸爸和妈妈就会重新开心起来了。

然后我们一家人就永远幸福地生活在一起。

·23·
卢克监视卢克

“我正在监视目标。”拉拉说。我们两人正躲在星主家外面一簇灌木丛里，透过一扇被灯光照亮的玻璃窗，盯着他的一举一动。“他坐下来吃晚餐……他把叉子插进一根香肠里，然后用叉子把香肠送进嘴里……他正在吃香肠……”

“行啦行啦！我知道啦！”我打断她的话，“我说要对星主进行监视的时候，就应该讲清楚这次监视行动的细致程度。”

拉拉往后一靠，环抱起双臂：“你别忘了，我是新手入行呀！我是刚刚知道在另一个世界里我也是超级英雄，大号叫‘暗车女侠’。”

“暗翅女侠。”

她恍然大悟地点头称是："啊！难怪她没有搬运重物的超能力。"

刚才在树屋里，我向她详细解释了暗翅女侠、星主和扎克的故事，当然还提到了决策者左邦、虫洞以及吞噬天地怪戈尔登。拉拉一边听一边不停地绕圈，目光里充满了迷惑，嘴里念叨着"不可能"。我说完了，她才终于镇定下来，问我有什么对策。

我当然有妙计了！首先我们要找到星主，然后我们像影子似的跟着他，他迟早都会把我们带到扎克那儿。

"你的……不，他的……房子被砸烂之后，"拉拉告诉我，"卢克全家搬去了公园旁边的一间出租房。他肯定就在那里。"

我们先去拉拉家取交通工具。拉拉有一辆全新的兰令21速转把换挡自行车，所以就把她的旧车借给了我。那辆自行车她骑着都嫌小，我骑着就更尴尬了。我玩命地蹬才勉强跟得上拉拉。颠簸的破车让我觉得整个世界都在晃动，仿佛这个宇宙被星主"跃跃欲试的野心"狠狠撞了一下，变得摇摇欲坠（"跃跃欲试的野心"这个词组是我在波尼克老师的英语课上学来的。奇怪的是，这个词组竟然跟体操运动没关系，而是用来形容莎剧里面那些要下一盘很大的棋的超级大反派）。

现在唯一的安慰是，星主的计划有一个致命的弱点。就算他哄骗别人说星主没有被小行星天劫砸死，只是失忆了，他的阴谋依然是空中楼阁，除非他能说服扎克听他的话。而扎克是无论如何不会答应的……是吧？怀疑的情绪就像手指头戳在我心上。我想起了风险评估和《数据保护条例》，我想起在我们的世界里，扎克老是抱怨受够了做小星侠的生活。在这里，他可以放弃超级英雄的身份，让星主挑起重担。而且扎克关心和认识的每一个人都在这个布罗姆利镇二号里，他们几乎和另外一个世界的人一模一样。最后，搬来这里还有一个额外的好处：星主提起过，这个世界的扎克和卡拉正在谈恋爱呢。

现在我终于明白了星主的最终目标，就能解释他在我的世界里的种种所作所为了。保护小星侠的真实身份，从激光沙鼠手里救我一命……所有的英雄事迹都只有一个目的：博取扎克的好感。他做的每一件好事仿佛都在向扎克进行催眠：选我！选我！就连他不小心把吞噬天地怪戈尔登带到我的世界里，最后还是他扮演了救世英雄的角色。毫无疑问，星主已经证明了，他是比我更优良的升级版卢克。我心中突然出现一系列疑问：如果我不能说服扎克回家，那该怎么办？如果扎克决定留在这里怎么办？他会牵挂我吗？

当我和拉拉来到星主家时，我还想着会看到一个有电网、哨塔的堡垒，他的房间也许会建一个炮台，上面还飘着一面黑色的大旗……可实际上那只是一座普通的半独立屋，墙上镶着鹅卵石，屋顶上还开了一扇屋顶窗。我们偷偷潜入灌木丛里安顿好，没过多久他就回家了。

“为什么他不告诉我他是超级英雄呢？”拉拉听起来很受伤，“我还以为我们是朋友呢。”

她显然没看过漫画书。

“绝不向任何人透露自己的秘密身份，这是标准的超级英雄操作流程。”

“可是你的哥哥告诉你了呀！”

“那不一样。他一点也不知道该做些什么，所以他需要我的专业指导。”

“然后你就告诉了拉拉二号和瑟奇二号。”

我没时间向她讲述克里斯托弗·塔尔博特绑架事件，所以我只是答了一句：“那事情很复杂。”

“你的意思是情有可隐是吧？”拉拉睿智地说，“有时候你不得不违反规程办事。”

我敢肯定她想说的是“情有可原”——这个拉拉跟另一个世界里的拉拉一样，都爱说错词，我觉得很欣慰。

突然，她指着窗口说：“注意，老鹰一号开始移动。”

“老鹰一号是谁？”

“这是我给星主取的代号。”拉拉说，“这种行动不是都使用代号的吗？”

“我们就叫他星主不行吗？”

“好吧好吧。”她很不情愿地叹了一声，“星主从餐桌站起来，把碟子放进洗碗机……”

他离开了厨房，一分钟后，他卧室的灯亮了。

“他可能在做作业。”拉拉说。

“或者在看漫画书。”我觉得后者更有可能。

“不管干吗，反正他今晚就待在家里了。”

我不得不同意拉拉的看法：今晚星主是不会带我们去见扎克了。我们结束监视行动，一起回拉拉家。

“要是我们想对他进行长期监视的话，就需要更多人手。”

“监视不是用眼睛的吗？怎么会需要人的手呢？”拉拉说，“你这句话怎么说得那么奇怪呢？”

“只有这样做才能确保他给我们带路找扎克啊。在我的世界里，我可以召集围巾特攻队，也就是‘超级英雄秘密联盟快速反应部队’。”

“那是一种最高机密军用服装吗？”拉拉问。

“啊？不！那是你、扎克、我和瑟奇！”

“瑟奇？”拉拉一下子往回缩，“瑟奇·勒弗莱夫？那个最可怕的学校小霸王？”

“什么？不！你肯定弄错了。”

拉拉缓缓摇着头："有一次贾尔斯·佩德乐在拿午餐的时候插了他的队，瑟奇就把贾尔斯的自行车拆散了，然后把零件重新堆放成一团雕塑，还起了个法语名'le vélo triste'。"她把声音压得很低很低，"意思是'悲伤自行车'。"

"瑟奇不像会做这种——"

"还有一次，德布丝·霍兰不借数学作业给他抄，瑟奇就创作了一首十四行诗，把她骂得狗血淋头，浑身发抖，哭得像个泪人。唉，那首诗有些韵脚可狠毒了……"拉拉想到这里，全身打了一个冷战。

"好吧，我同意，他这样做不太好……"

"还有啊，上学期他破解了苏珊·贝克的手机。"拉拉还在说，"所以每次她自拍，样子都会变成一个胖版的蒙娜丽莎。"

"可他是我最好的朋友啊。"我忍不住说。

"以前是，现在已经不是了。现在他最痛恨的人就是你。"

我？世上那么多人，他怎么会最痛恨我呢？这个瑟奇的人生轨迹和我认识的那个太不一样了。我很好奇到底是什么使他堕入了原力黑暗面。

"请你答应我，千万别去惹瑟奇。"拉拉说。

这还用她说？经过拉拉这番描述，我可不会提议找他骑双人自行车共度美好假日。

我们回到拉拉的家。她说我经过跨维度旅行，肯定又累又饿，所以坚持要我进去吃点东西。我本来打算拒绝，理由是怕她家里人怀疑我是一个来自平行宇宙的旅人。可我想起刚才星主大嚼香肠的样子，顿时觉得自己快饿死了。看来，冒这个险是值得的。

“拉拉，是你吗？”我们走进前门时，她妈妈在厨房里问。

“是呀，妈妈。”拉拉答道，“卢克也来了。”她挂起外套，低声说，“你在场的时候，卡拉的举止也许会有点古怪。自从……你知道，扎克的事情以来，你就很少过来了。她见到你的时候，很可能会哭，或者抱你，或者抱着你哭。”

我突发奇想：“也许我们应该告诉她真相。我们需要动员一切力量来帮忙。在我的世界里，抵抗外星侵略军你姐也参加了，可厉害了！”

拉拉皱起鼻子：“我觉得不妥。根据我的观察，她的情绪很不稳定，这个消息也许会让她那个十几岁的脑袋爆掉。老实说，我可不想尝试。”

然而晚餐平平淡淡地就过去了，没有热泪，没有拥抱，也没有脑袋爆掉，只有牧羊人馅饼和苹果奶酥。让我想不到的是，拉拉的爸爸妈妈居然还幸福地生活在一起。在这个世界里，我的家庭很惨，可是李家却平安快乐，或者说，至少李家大部分人都很快乐。卡拉整晚一声不吭。在我的世界里，她总是叫我“小家伙”，可是今晚她非但没有叫我，甚至连看也没看我一眼。我也替她难过，很明显她还怀念扎克，我突然出现在餐桌前只会勾起她的愁思。我能说点什么安慰一下她呢？

我放下手中的汤匙：“你有没有想过，在另外一个宇宙，事情的发展也许会完全不一样？”

卡拉抬头看着我：“你说什么？”

“嗯，比如说，在某个平行世界里，扎克没有死？”

卡拉一下子身体僵硬了。拉拉的妈妈和爸爸紧张地对望了一眼。

“还有，假设你也在那个平行世界里，可是你不是特别喜欢扎克，所以即使他死了你也不会这么伤心。”

“呃，卢克……”这回说话的是拉拉。我觉得她好像轻轻地摇了摇头，不过她的动作太细微，我不确定是不是自己看错了，所以就继续说了下去：

“还有，虽然你对扎克不感兴趣，扎克却很喜欢你，只是不知道为什么他一直不敢向你表白。我想说的是……不要紧的。在某个宇宙里，或者在一个遥远的星系，一切依然安好。我这样说也许没什么用，可是，你……也许会觉得有一点点安慰吧。”

卡拉沉默了好久，然后把手捂在我的手上。

今天忙了一天，徒劳无功，我和拉拉决定终止监视行动。我回到树屋过夜，看着四周破败的光景，不禁黯然神伤。在我的世界里，树屋是围巾特攻队的总部，这里总是回荡着超级英雄和后援队伍的忙碌脚步声。每当世界遭遇威胁，只要这个威胁来自布罗姆利镇，围巾特攻队就会在树屋总部制订应对的策略。但在这个世界里，树屋看起来已经被弃置了。估计自从天劫袭击地球以来，星主就再也没有上来过。黑暗的树屋空荡荡的，只有散落在地上的几片巧克力包装纸。拉拉给我带来一条睡袋，一些补给品，还有一堆棋盘游戏——她怕我一个人闷。可是拉拉没有漫画书，只有一副神秘博士版的大富翁游戏跟超级英雄沾点儿边。

“斯卡洛星球，也就是戴立克的老家。”拉拉的时间机器旗子走进了我的领土时我说。我们已经玩了好一会儿，以前我玩大富翁游戏经常输，这次却连奏凯歌。“你欠我两百英镑。”

拉拉一边数钱给我一边说：“我一直在想，就算你找回扎克，你们又怎么回去呢？你们好像不能像星主那样，自己造一个虫洞进行穿越吧？”

“他刚到达我的世界的时候也不懂呀。而且要是没有我，他是做不了虫洞的。”

“那么他最开始时是怎么穿越去你的世界的呢？”

“他偷了决策者左邦的跨维度飞船。”我一边说一边掷骰子，“是他亲口告诉我的。管不住自己的嘴，这是所有超级大反派都会犯的典型错误。六！”我把我的音速起子向前移动了六步，走进了一个问号格子。

“哈！进监狱了！”拉拉说，“这样说来，那艘飞船还在你的宇宙，而你却困在这个世界，那还是帮不了你呀。”

我早就想好对策了：“我只需要联络上围巾特攻队的队友，他们能找到那艘被弃置的飞船，然后开过来接我们。”

拉拉对我的答案还是不满意：“好是好，可你打算怎么联络另一个宇宙的人呢？你又不能用拉拉二号的电话打回去。”

“我是不能，可扎克能呀！他的传心术是不受时空限制的。一旦他恢复了十成功力，就能够通过思想去联络他们了。”

“真的吗？你怎么知道的？”

“看漫画书呀！”我答道。拉拉用怀疑的目光瞥了我一眼，我假装没看见。

拉拉得回家了，于是我们把大富翁游戏收起来。我们决定天一亮就碰头，或者吃过早餐再碰，然后继续寻找扎克。她走到门口时停了下来，呆呆地站在那里。寂静的树屋里突然弥漫着一种紧张的气氛。

“没事吧？”我走过去看看是什么让拉拉这么紧张。

原来是夕阳的边缘缺了一小块。当然了，那一小块太阳不是丢了，只是被遮挡住了。“不就是日食嘛。”我说。

“你不要用眼睛直视。”她警告我说，“这事有点怪。通常来说，像日食月食这类天文现象，在发生之前，各地的新闻就会大肆报道了。可是这一次日食怎么完全没人提起呢？”

听了这句话，我突然打了一个冷战。让我发抖的不是清凉的夜风，而是一个突如其来的念头。我想起了古代人那么害怕日食，不是因为担心视力受损，而是以为有怪兽来把太阳吃掉或者偷走。

“也许没什么好担心的。”拉拉说道。

可是这句话不但我不信，连她自己也不相信。

我们正站着，空中突然飘来一阵久久不息的咝咝声，就像有一条巨蛇游进了花园。我从树屋门口往下看去，一下子就看到了声音的来源：原来是几十只流浪猫聚集在大街上，一起仰头望着残缺的落日，嘴里发出咝咝的叫声。

·24·
啊，天哪！

我拉开睡袋的拉链，坐起来伸了个懒腰。清晨的阳光通常是温暖的金色，可是今早照进树屋里的阳光却是一片病态的惨白。我走到树屋门口，伸长脖子遥望着东方。

太阳低低地挂在天上，就像一只因发炎而红肿的眼睛。昨晚的阴影已经扩大了不少，有四分之一的太阳变成了黑色。从昨晚到现在，过了这么长时间，正常的日食早就该结束了。换句话说，发生在我眼前的并不是简单的日食，而且绝对不是什么好事！

我走回树屋，穿好衣服，打开拉拉给我的补给品，看有什么吃的。很不幸，一大盒家乐氏多口味小包装麦片只剩下最后两包。我正准备硬着头皮干啃下去，院子里突然传来有人哼歌的声音。虽然那旋律中没有丝毫的欢欣喜悦，声音听起来却好像有点熟悉。

嘎吱一声，绳梯顶端一下子绷紧了——有人正在往上爬。

凄怨的歌声越来越近，我四处张望想找路逃跑，无奈这树屋进出只有一扇门。我当机立断，做了一个决定：要是我有幸逃回自己的家，无论如何也要在树屋里装一个逃生暗门。至于现在嘛，我已经走投无路了。

一缕看上去特别时髦的头发出现在树屋平台边，紧接着便是一张我再熟悉不过的脸：

瑟奇！

可惜这不是我的好朋友瑟奇，而是臭名昭著的恶人瑟奇。我们四目相接，同时盯住了对方。瑟奇的歌声也在这一瞬间戛然而止。

恶人瑟奇上下打量着我，脸上露出了怀疑与好奇的神色。他端着一个外卖饮料杯子，杯子顶上还放着一大块巧克力蛋糕。他小心翼翼地把杯子和蛋糕放好，然后抬腿从绳梯跨向树屋平台。就在他一条腿伸在半空的时候，绳梯摆向了另一边，瑟奇一个踉跄，连忙用手扒住平台，另一条腿还蹬在绳梯上，姿势相当尴尬。然后他闷哼一声，终于翻身上了树屋平台。他最后那一下挣扎的样子，活像一条在岸上翻滚的黑线鳕。他虽然是恶人，却和我的瑟奇一样，十分缺乏运动天赋，我很欣慰。他趴在地上的时候，我看到他的背包上印着一个彩色图案：大名鼎鼎的超级反派双面人[①]——这可不是个好兆头！

瑟奇跳起来，捡起饮料和蛋糕，然后用手拂拭了一下身上那件丝质马甲。

我们俩都没说话。拉拉说他臭名昭著（恶人瑟奇的名声那么差，确实配得上“昭著”二字），这么看来，我这下子麻烦大了。

他先开口打破了沉默：“每周日我都去‘斯考提传送咖啡店’买早餐，今天也不例外。”他举起杯子和蛋糕，“我点了‘星座级热巧克力’和‘光子巧克力雷’。”[②]他把巧克力蛋糕从杯子盖上拿起来，呷了一口热巧克力。“我等候的时候看到有一个人也在排队。你猜我碰见谁了？”

我摇了摇头。

“我看到了卢克·帕克！”他扬起一条眉毛，“你能解释一下吗？”

“能，不过我需要点时间。”

瑟奇把蛋糕顶端咬下来。“既然这样，就请你允许我发挥想象力，把各种不同可能性都罗列出来。第一，咖啡店的那个人是你。也就是说，你拿了早餐套餐，急急忙忙地赶过来，也不知道

---

① 双面人：DC 漫画作品中的反派，蝙蝠侠的死敌。
② 这里的咖啡店、饮品和甜点的名称都模仿自《星际迷航》。

给什么鬼上了身，竟然还换了这身衣服。”他的鼻子哼了一声，表示对我衣服的不屑，“第二，我碰上了一些乱七八糟的多重宇宙的破事儿，而你是来自另一个世界的另一个版本的卢克·帕克。换句话说，你要不就是我最可恨的敌人，要不就是一个无辜的、来自另一个维度的、我的仇敌的翻版。”

“后面那个，后面那个！我是无辜那个！”我一口咬定。瑟奇向我逼近一步，我下意识地往后缩，嘴里忙不迭地解释道，“星主在我的世界里绑架了我哥，我来你们的世界就是为了救他回去。”

我匆匆忙忙地说出了这个令人匪夷所思的解释，甚至连一点证据也没有。这世上如果有一个人会接受我的解释，那么这个人非瑟奇莫属。只要恶人瑟奇跟我的瑟奇有那么一点相像，他也会毫无保留地相信我的话。我看得出来，此刻瑟奇心中正在衡量我这番话的真伪。

突然，他把一只手迅速插进口袋里，我吓得往后缩了一下，还以为他会掏出什么致命武器。幸好，他拿出来的只是哮喘药吸入器。

“我的名字叫瑟奇·拉菲。我本来可以成为超级英雄，却在最后关头被毁了。”他吸了一口沙丁胺醇气雾剂，“而害我的人就是卢克·帕克！”

瑟奇和我坐在拉拉给的那堆棋盘游戏当中。他把双面人背包卸下来，放在身边。

“我每个星期天都来这里，有时听音乐，有时读书，但更多时候我是来回忆。”他叹了一口气，“曾几何时，卢克跟我是朋友，最好的朋友，至少我是这样觉得的。我和他都特别热爱漫画书。”

他说的这些，我的瑟奇也经历过。

“我和他一起见证了美国队长跟红骷髅在《美国队长》中的终极决战；我和他一起经历了超级蜘蛛侠新服装揭晓的一刻。还有，在决策者左邦第一次来访的那个改变了我们命运的晚上，我也和他在一起。”

在我的世界，故事并不是这样子的。“这么说来，你知道他就是星主了？”

瑟奇点头道：“我相信世上只有我一个人知道。”

我告诉他，现在拉拉也光荣加入了这个秘密小圈子。可是关于左邦来访，他的版本有些地方我不是很明白：“既然左邦赠送超能力时你也在树屋里，为什么你没有成为超级英雄呢？”

他的鼻翼呼扇呼扇的，太阳穴上面突然有一根血管凸出来，然后嘴里爆出一连串恶狠狠的法语。“那个背信弃义的卑鄙小人！”他骂道，“当时我面对着光芒四射的决策者左邦，我的反应和任何一个普通人没什么两样。我突然觉得哮喘病要发作了，连忙伸手掏喷雾吸入器，却找不到。然后卢克郑重其事地说他记得在屋子里见过吸入器，就在厨房桌子上。所以我马上爬下绳梯跑回屋里，一看，根本就没有。幸好哮喘也没发作，很快我就回到树屋。可是当我爬上去时，左邦已经离开了，而卢克也获得了超能力。”说到这里，他停下来深深吸了一口气，“还有，我的喷雾吸入器，原来一直都在树屋里！卢克说我走了之后他才找到，是被一本《神奇四侠》盖住了。”瑟奇一下子把巧克力蛋糕捏碎，“这个骗子！说谎精！他其实是想独占所有的超能力！”

我忍不住想，在当时那种情况下，我会怎么做呢？我希望自己会为瑟奇也成为超级英雄而高兴，可是如果只能二选一呢？为了被选中，我会做出什么事呢？我不敢想下去了。

“有没有可能，那个卢克其实说了实话呢？”我试探着问，很担心会引起瑟奇下一轮爆发，“也许你真的不小心把吸入器放了起来，所以才会找不到呢？”

瑟奇摇了摇头。“我本来也能成为超级英雄，可是我的朋友藏起了我的喷雾吸入器。”他停顿了一下，“不过现在有你帮助，我就可以报仇雪恨了！”

“呃……可是我来的目的不是报仇。”我说，“这其实是一个拯救行动。”

瑟奇开始喝热巧克力，吃那个碎成一团的蛋糕。我仔细端详着这个另一个世界里的我的好朋友。我敢肯定，在与星主的斗争中，这个恶人瑟奇绝对会是一位强大的盟友。也许他并没有真正的超能力，可是他的出现就能给人带来恐惧，这种气场跟超能力也相差不远了。无论对超级英雄还是超级恶棍来说，复仇都是一股强大的动力：蝙蝠侠、罗宾侠、末日博士、惩罚者①……这个名单无穷无尽。不过细想之下，这一类被强烈复仇心理催生出来的奇人绝对不会是心理健康的正常人，也不可能改变自己去适应现实。

“呃，卢克，你没事吧？”外面传来拉拉试探的声音。原来她正在门口往里张望。一看见我们，她下巴都快掉下来了，然后她立刻抿紧双唇，脸上写满了疑惑。也难怪拉拉诧异，她怎么可能猜到我竟然会和最可怕的学校小霸王坐在一起谈笑风生呢？我知道此刻有一堆问号正在她脑海里盘旋飞舞。

“没事儿，他是自己人。”我简单解释了一下瑟奇为什么会在这里，然后转头看着他，“你是自己人吧？”

瑟奇轻轻地耸了耸肩，然后打开了背包。

“好呀。”拉拉紧张地说，“有人帮忙当然是多多益善了，对吧。”

突然，地上传来一阵咔嗒咔嗒的爪子刮擦地板的声音，有东

---

① 惩罚者：漫威世界中的另类超级英雄，以暴易暴，用杀戮对抗罪恶。

西在棋盘游戏堆里移动。本来摆得整整齐齐的游戏盒子被撞翻，顿时散了一地。

拉拉吓得向后一缩，闭上眼睛说："千万不要是老鼠，千万不要是老鼠……"

这位不速之客在众目睽睽之下蹦了出来。不是老鼠。

"Un écureuil？"瑟奇说了一句法语。

我猜这个法语单词的意思是"松鼠"，因为我眼前的就是一只松鼠，一只长着蓬松大尾巴的灰色松鼠。我本来觉得它好像在盯着我，可是松鼠的眼睛长在脑袋侧面，所以更像是斜着眼睛瞄我。

"也许它住在这树屋里？"我说。

"你说这是一只归巢的松鼠？"拉拉若有所思地点了点头，"你之前在这儿见过松鼠吗？"

"没有，我每个星期都来，"瑟奇说，"可是从没见过这小动物。"

松鼠开始绕着散落一地的棋盘游戏转圈，不知道的还以为它在找东西呢。只见它突然挥出双爪，把其中一盒游戏打翻在地，然后用大尾巴压住封面。

"填字游戏？"我说。松鼠闻言抬起头看着我，好像听懂了我说的话。

"你在干什么？"拉拉用怀疑的语气问道，"松鼠听不懂你说话，这你应该知道吧？"

“在我的宇宙里，暗翅女侠总有一帮生活在树林里的小动物做她的跟班。我怀疑……”我把棋盘从盒子里拿出来放好，然后把字母方块堆在棋盘旁边。我才把东西摆好，松鼠立刻用鼻子把一个字母推到棋盘上，然后接二连三地把别的字母拱上去。很快，棋盘上就排列出一串字母，我大声读出来：“I S T H I S T H I N G O N……这什么乱七八糟的？”我觉得很失望，虽然我并不知道自己对这只松鼠有什么期望。

瑟奇比我耐心，他没有改变字母的排列顺序，却调整了它们的分组方式。我再一次读出来。

“IS THIS THING ON？”不会吧？“它是在问‘有信号吗？’”

拉拉倒吸一口气：“真让人难以置信！”

松鼠的鼻子抽动了几下，然后跳回字母堆里，又拱了另外几个字母上棋盘。

S C A R F I S H E R E

“什么鱼？”拉拉仔细研读这几个字母。

这次我一眼就看出来了。“S.C.A.R.F IS HERE。”我喃喃地说，然后兴奋地转身对其他两人说，“这里是‘围巾特攻队’，S.C.A.R.F就是围巾特攻队的首字母缩写呀！全称是超级英雄秘密联盟快速反应部队。他们联络上我啦！”我的拉拉竟然能够运用暗翅女侠的超能力，从她所在的宇宙控制这个世界的松鼠！我的队友们找到我啦！

LUKE WE HAVE VITAL INFORMATION.

（卢克，我们有重要消息。）

松鼠又跑去收集更多的字母方块，我们只能干等着。

OI NO TAIL GIMME NUTS.

（喂，没尾巴佬，我要干果。）

这个消息看起来不是很重要呀，除非你是一只松鼠。松鼠停了一下，然后继续摆放字母。

SORRY ABOUT THAT.

（不好意思。）

暗翅女侠肯定已经重新把松鼠控制住了。另一个句子出现在棋盘上。

IT IS THE END OF THE WORD.

（这个单词的末日到了。）

嗯，这倒不算是坏消息。有那么多灾难可能降临到我们头上，这又算什么呢？突然，我眼角瞥见松鼠把另一个字母推过来摆放在字母序列里。它把这个句子完成后就坐下来歇息。我看着这个新的句子：

IT IS THE END OF THE WORLD.

世界末日到了！

·25·
叠叠乐宇宙大灾难理论

在这盒填字游戏里有九十八个字母方块，另加两个空格。我们苦苦等了许久，才终于等到松鼠把围巾特攻队的惊人发现全部拼写出来。由于等的时间太长，改邪归正的前恶人瑟奇开始吃当天的第二顿饭。他从背包里挖出一个万磁王午餐盒，当他把盖子掀开时，就像打开了一个用好多好多鱼陪葬的古代棺材。

拉拉立刻捏着鼻子："这是什么味儿呀？"

瑟奇拿起厚厚一摞切片面包，检查夹在里面的馅儿。"鸡蛋和凤尾鱼，"他说，"咦，这是什么？"他拿出一块芭比贝尔奶酪，"糟糕，我的布里干酪在哪儿呢？"

我把注意力重新放回填字游戏的棋盘上。看来我的宇宙里的瑟奇阅读了大量含有平行世界故事情节的漫画书，在博览群书的基础上，提出了一套关于虫洞的理论。

“我看不明白。”松鼠终于完成了任务，拉拉仔细看着棋盘上的句子，说道，“我看的漫画书明显不够多。”

我在剩下的棋盘游戏里面翻找着。“我觉得这个游戏能帮助我解释。”说完我把其中一个盒子拿出来。

“叠叠乐？”拉拉问。

“这个游戏能够简单明了地向你展示现在到底发生了什么事。”我说，“当然，屏风四子棋也可以。”

我在地板上清空一块地方，用木条砌了一座高塔。“好了，想象这座塔就是多重宇宙。”我说，“每次星主从别的宇宙取东西，就相当于——”我小心翼翼地从高塔中部拔出一根木条。高塔巍然矗立，纹丝不动。我又拔走一根，这次高塔晃了一下，但还是稳稳地立着。“星主每制造一个虫洞，危险就增加一分。这样下去世界迟早会被毁灭，说不定在他制造下一个或者再下一个虫洞的时候，灾难就会降临。”说着我从高塔底部抽出一根木条，高塔晃了一下，轰然倒塌。

“星主是要将多重宇宙变成一块瑞士埃曼塔尔奶酪[①]。”瑟奇说，“那是一种有孔的干奶酪。”

---

① 埃曼塔尔奶酪：Emmental，瑞士著名奶酪，上面布满大小不一的孔，所以瑟奇会以此来比喻。

“就像挪威亚尔斯贝格洞洞乳酪吗？”

“埃曼塔尔的坚硬程度跟亚尔斯贝格相当，不过前者还散发着坚果的香味。”

我用叠叠乐来比喻虫洞危机实在是妙，可恨这瑟奇竟然直接无视我的神来之笔，却用什么奶制品来说事儿。不过我对这位恶人版的好友还是心存忌惮，所以不敢表示不满。反正他的比喻基本上也还算是正确。

得到了松鼠的情报后，我们的任务并没有太大改变，只是多了一个目标。“我们除了要解救我哥，”我说，“同时还必须阻止星主继续制造虫洞。”

我们的任务本来就不容易，现在更是难上加难了。拉拉实在受不了瑟奇三明治的腥气，说道：“我得出去呼吸点新鲜空气。”

我们跟着她走到树屋外的平台上。残缺的太阳挂在半空中，苍白无力的阳光照在层层叠叠的屋顶上。我居高临下地看着四周的街景，隐隐觉得心神不定。

“星主把扎克关在某个地方。”拉拉伸手向着远方一划，“问题是，关在哪里了呢？”

问题是他可以把扎克关在任何地方，甚至不一定在布罗姆利镇！星主完全可以带着扎克飞到地球另一边。如果这是一个棋盘游戏的话，我们依然在起点，根本还没起步呢。

虽然前方困难重重，可我是不会放弃的。“那地方必须远离星光，这样扎克才不能恢复超能力。”我回想刚刚来到这个世界时的情形，“而且那地方能隔绝扎克的心灵感应。”

“防核爆地下掩体？”瑟奇说。

“布罗姆利镇有防核爆地下掩体吗？”拉拉觉得瑟奇的提议不靠谱。

瑟奇提出另一个可能性：“或者是一个海底巢穴？”

“镇上有一个帕维利安休闲中心，”拉拉说，“里面就有个大池子。”

这个想法倒不算太离谱。毕竟外星霸主就把母舰伪装成一所中学，还有一个曾跟我斗得你死我活的超级大反派，那家伙的老巢就是一间设计成火山模样的漫画书店。

“如果我是星主，”拉拉自言自语，“我会把扎克藏在哪里呢？”

“这问题不应该由你来问。”瑟奇用一根手指戳着我胸口，“如果你是星主……”

“对啊！当然了！”拉拉听了，一下子蹦起来，“你和他是同一个人，你们想法也接近，这问题的答案当然就在你的脑子里了！”

自从星主闯入我的世界以来，我就不停地向有关人士强调，我和他不是同一个人！可是这一次，我觉得拉拉的话对我或许会有所启发。

拉拉抓住我双肩，盯着我的眼睛：“你想要抓住松鼠，就必须学会用松鼠的方式去思考。”

要找到星主，我必须像星主那样去考虑问题。所以说，如果我是一个超级大反派，我会把一个超级英雄囚禁在什么地方呢?

我闭上眼睛，在脑子里不断重复着同一句话：“我是星主……我是星主……”

我的身体还在树屋这里，可是我的思绪开始渐渐飞升。很快我升到后院废墟的上空，看着老鼠捡地上的食物残渣。然后我飞到摩尔大街，听着杂草丛生的人行道上传来一阵阵流浪猫喵喵的叫声。一股怪风把我刮到公园的另一边，然后我就飘浮在主街的上空。

我听见远方传来瑟奇和拉拉的声音。

“邪恶点！”

“你和他的思维合二为一了吗？”

我把他们的声音屏蔽，然后加大冥想的力度。

“我是星主……我是星主……”

我觉得自己越升越高，正缓缓地向残缺的太阳飞去。那块黑色的缺口就像一条无穷无尽的地道，一直插进蔚蓝的天空中。

地道!

我眨了眨眼睛，一下子就回来了。看着拉拉和瑟奇充满期待的眼神，我咧嘴一笑。我知道星主把扎克藏在哪里了。

“他在蝙蝠洞！”

·26·

黑暗骑士黑暗夜

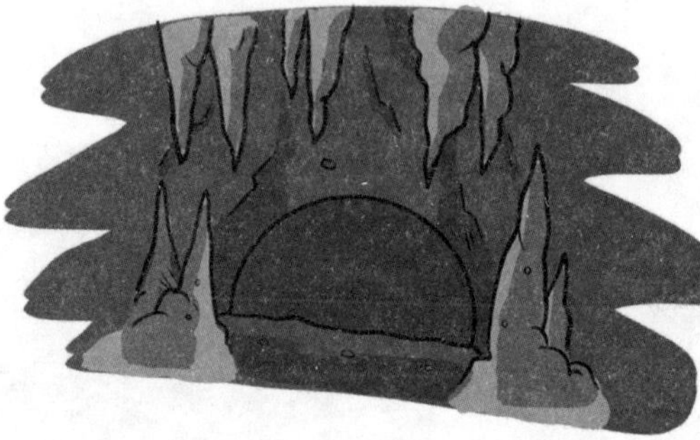

我仔细检查洞口，看有没有新踩的脚印。地表的尘土就跟我离开时一样平滑，可见并没有人进出过。在进洞之前，我抬头看了看日食。所有新闻媒体都在报道这次日食，世界各地的每台设备都发出叮叮叮的警报声，刚恢复平静的地球再次被唤醒。经过天劫袭击，人们已然成了惊弓之鸟。不过权威机构已经排除了小行星再次袭击地球的可能性，全世界人民都松了一口气。许多专家被请出来就这次现象发表评论，他们都认为这不是一次典型的日食——月亮从太阳与地球之间经过，把太阳遮住，却没有一个人能给出一个合理的解释。我也不知道这是什么，可我很希望这是一个信号，表明有一些邪恶的东西正向地球逼近。我渴望有一支邪恶的外太空侵略军前来进犯，因为我想和扎克并肩作战，联手对抗一堆黏糊糊、滑溜溜的外星怪物。要和扎克建立亲密的关系，还有比这个更好的方法吗？

我从石壁凹槽里拿回手提灯，然后沿着陡峭狭窄的地道走进黑暗之中。我在钟乳石和石笋之间绕来绕去，摇晃的灯光在石壁上投下诡异的阴影。突然，我觉得有东西藏在黑暗之中。这东西既不是鬼魂，也不是山精，却比那些怪物更加让我心神不定。自从我第一次见到卢克二号以来，这个东西就一直缠着我不放。其实，这是一个疑问，这个疑问就像异人族卡纳克[①]巨大的脑袋，我想装作看不见都办不到。

我真的是邪恶分身吗？

在漫画书里，有些超级英雄一开始是怀着崇高的目标，可是随着事态发展，一切都扭曲了，他们也迷失了方向。我从来没想过要当坏人，我所做的一切——偷左邦的飞船，绑架扎克去另一个宇宙，都是有很正当的理由：我只是想让爸爸、妈妈以及所有爱扎克的人重新快乐起来，我也希望自己重新快乐起来。我知道我的所作所为可以用一句话总结：为了达到目的可以不择手段。所以，我迷失方向了吗？我在这条路上走得太远，已经不能回头了，所以我只能把这个疑问塞回黑暗之中。不过，既然命运驱使

---

① 异人族卡纳克：漫威漫画作品中的超级英雄。作品刚出版时，他被设计成有一个比常人更大的脑袋，故卢克有此一说。但是后来为他设计了兜帽以遮掩大头，而在播出的根据漫画改编的电视剧中，该角色的脑袋是正常大小。

我披上罪恶的黑暗斗篷，那么我只能勇敢地扮演起这个角色，并且避免犯各位超级大反派经常会犯的一些低级错误。

我来到通往囚禁扎克的石室的那条过道，发现力场依然完好无缺，正发出一阵阵强有力的嗡嗡声，我心中不禁暗暗欢喜。其实我的力场不是非得发出嗡嗡声不可——电子设备发出这种声音是因为杂散磁场使变压器产生振动而造成的，而我的力场根本就不需要变压器，可我就是喜欢这种效果。

我分开力场，走进石室。这次我给他带了吃的和换洗衣服。扎克来到我的世界时，身上还穿着小星侠的超级英雄服装，我可不能让他穿成这样子去见爸爸和妈妈。我还带了一件秘密武器。我说的不是类似能量戒指或者神奇女侠真言套索那种武器，而是——一本家庭相册！我希望他看到我们一起拍的照片后能够回心转意，接受我们本来就是一家人这个事实。

在石室里，我留给扎克的荧光棒发出昏暗的亮光。我看见扎克正躺在地上做仰卧起坐。

我把从餐馆买的外卖放在他身边："我给你买了一个套餐，有一个中号的可汗之怒卷饼和一个勇者甜圈。"

他又完成一个仰卧起坐，然后数道："一百六十四。"

他假装没注意到我——典型的扎克风格。

"还有，我们可以一起看这个。"我一边说一边翻开相册。

"一百六十五。"

“看，我们有那么多回忆。”我缓缓地翻着页，把我们一家人的大量合照展现在他眼前。

“一百六十六。”

“哈！你一定记得这张！我们去野生动物园，我还想偷运一只猴子出来。”

他终于停止了健身活动，坐起来，轻轻地喘着气。“不记得。”他用一只袖子擦拭前额，“不好意思，虽然我承认和他在某些方面很相近，可我终究不是他。”

“别这样说！”

“我知道你想做什么。”他指着相册说，“可是没用的。”

“我可以让你回忆起来！有别的方法可以改变人的思维。”我沉声说道，啪的一下合上相册，“比如说，控制思想。”

扎克慢慢地站起来。我看得出，他被我吓到了。“你有控制别人思想的超能力？”他问。

呃，这就有点尴尬了。“嗯，我没有，不过我想认认真真试一下。其实这只是邪恶版的传心术，对吧？”

扎克叹了一口气：“你真像他。”

“对啊！我就是他呀！”扎克的口气开始松动了，我连忙乘胜追击，“我就是卢克，你就是扎克！”

他默默地站着，然后伸出一只手搭在我肩膀上。在那一刻，我还以为他要给我来一个柔道里的过肩摔呢。可是他脸上现出一丝悲伤的笑容。

“那幕悲剧不是你的错。”他说，“你不可能拯救所有人。”

“可是你做到了！”

“因为有人帮我！那天如果没有卢克和他的小伙伴们，故事的结局就会改写了。而你呢，你是孤身一人去挑战天劫的。”

“我没有别的选择。超级英雄第一法则：永不泄露自己的秘密身份。”

“不好意思，”他流露出怯懦的神色，“第一条法则我就打破了。也许你应该学学我。超能力虽然是左邦送给我们的厚礼，可同时也是一副重担。你应该考虑找人帮忙分担一下。”

“如果我愿意找人分担，你愿意留下来帮我吗？请你告诉我，我要怎样做才能说服你？”

我还真的以为他会给我一个明确的答案，可惜他只是摇了摇头。“我原本可以骗你，说我已经想通了。可是这样做不公平，无论是对你还是对我都不公平。”

我狠狠一跺脚，激起一团灰尘：“哼，这是你自己选的！我们现在是在地底，没有星光可以照进来。除非你真心愿意做我哥哥，否则我是不会放你出去的。”

扎克双手叉腰，环顾山洞的四周：“我们是在奇斯尔赫斯特洞穴里吗？”

超级反派第一守则：永不泄露自己的阴谋。“也许吧。”

他沿着石室的边缘踱步，一边走一边用手摸着石壁。“我记得这里！那时候卢克想要建一个蝙蝠洞，爸爸就把我们带到了这儿。”我看得出，他把这些记忆都拾回来了。“没错！然后爸爸将灯灭了，卢克当场吓得屁滚尿流。”他说。

他这句话刚说完，我脑袋里突然有东西在跳动——有东西激活了我的内置星主扫描仪！我脑海里浮现出一个模糊的画面，只见三条人影来到洞口，从自行车上下来。我拉近镜头想看看是什么人，顿时大吃一惊：卢克二号竟然也来了！他竟然来到了我的世界！他是怎么来的呢？不过现在没时间细想了。他还有同伙！我连忙调整视角和焦距，这才看清楚。拉拉·李，当然了，在他的世界，这俩人是最好的朋友。不过至少这个拉拉没有超能力。还有第三位是谁呢？是瑟奇！嘿嘿，这回精彩了，卢克竟然跟他勾搭上了！

“卢克？”扎克低声说。

我猛地转过身。从扎克的脸色看出来，他也察觉到他另一个弟弟来了。可是扎克是怎么做到的呢？除非他能运用心灵感应，不过这是……“不可能！你没有星光，怎么能恢复超能力呢？”

扎克耸了耸肩，抱歉地说：“想不到了吧？”

·27·
小星侠大战星主

我面前就是山洞入口。我确信，在洞里几百米深的地方，在一片蜿蜒曲折的地道尽头，就是星主囚禁我哥的地方。在我到达这个世界之后，我第一次在与邪恶分身的斗争中抢占了先机：他不知道我们杀过来了！

“你们准备好了吗？”我问其余两人。

拉拉点了点头，唇边露出一丝微笑：“我们可以打他个象脚不及。”

“呃，应该是措手不及吧。”

拉拉哼了一声。“荒谬！措手不及是什么意思呀？象脚不及才传神呢！你想想，要是你觉得有东西拍拍你肩膀，然后你一回头，发现是一个皱皱巴巴的象鼻子，原来你身后竟然站着一头大象，正在向你眨眼睛。你会有什么反应？”

“我会一下子蹦起三米高。”瑟奇说。

“没错！”

拉拉说的也不是完全没有道理。

我正准备带队闯进山洞，前面突然传来高速飞行物体的尖锐的破空之声。

“小心！”拉拉大吼一声扑倒在地。只听轰的一声巨响，石屑纷飞，两条人影从狭窄的洞口激射而出。碎石像雨点般落下来，砸在我们身上。我趴在地面上抬头看去。

只见星主和小星侠从树丛中飞出来，像箭一样直冲上了越来越昏暗的天空。两人以亚音速飞行，一边飞还一边纠缠搏斗，在空中划出一道亮纹。

“扎克逃出来啦！”拉拉开心地喊道。

“典型的扎克！”我喃喃自语道。我哥老是做这种事来给我捣乱！我们刚刚去山洞外面的户外装备商店购买补给物品，包括一些荧光棒、几个滑轮和安全钩。我已经制订了一整套能跟《碟中谍》媲美的营救计划，其中对安全钩的使用简直可以称得上惊世骇俗。可是就因为扎克，我的全盘计划都泡汤了。

拉拉已经跨上自行车，朝着停车场飞驰而去，追赶天空中那两个人。我也跳上自己那辆自行车，紧跟在她后面。正在天空中上演的那场大戏把我看得目瞪口呆：小星侠与星主正在单打独斗！最近我见证了许多神奇的场景，比如说购物中心里的巨型机械人，还有外星侵略者的母舰，甚至能吞噬世界的大怪物……可是直到这一刻我才有幸亲眼看见只在漫画书和电影里出现过的一幕：两个身披斗篷的超级英雄单挑。

“实在是太有型啦！”瑟奇把我的心声说出来了，“简直是难以置信！不过我还是很难接受某个宇宙的扎克变成了超级英雄这件事。”

“对啊！很烦人的，是吧？”

我们发疯似的蹬着自行车，紧跟着空中的单挑二人组。突然听到一阵嘎吱嘎吱的金属扭折响声，一根电灯柱被一股巨力从人行道上连根拔起，贴着我们头顶飞过。然后整条大街的电灯柱一根接一根地被那股力量拔出来，向天上飞去。

原来是星主用心灵遥感超能力控制着这些电灯柱，把它们向小星侠投掷过去。我看见我哥盯着这些武器的来路，突然激活护体力场。那些电灯柱被无形的护盾挡住，一根接一根地向地面砸下去。小星侠在百忙之中还抽空控制着让这些电灯柱安全落地，没有砸到行人，只有一根插进了一辆停在路边的福特福克斯轿车的天窗里。

现在轮到小星侠用心灵遥感超能力进行反击了。他猛地俯冲下来，在一排平房顶上掠过，所过之处响起一片撕裂的声音。只见那些房子前面修剪得整整齐齐的一块块草坪被连根掀起，跟随小星侠飞上了半空。

“他为什么要这样做？”拉拉问。

我突然明白了扎克这招是多么高明！“我对花粉过敏，”我答道，“这就意味着——”

“星主也对花粉过敏！”拉拉接话道。

小星侠飞到足够的高度，然后把一片片草坪连珠炮似的射向星主。星主顿时消失在铺天盖地席卷而来的绿色毯子里。我们都屏息等待着一阵惊天动地的喷嚏声。

“这才是名副其实的‘抢地盘大战’呢！”我说了句俏皮话，可惜拉拉没听见，因为这时候空中突然响起一阵轰隆隆的雷鸣声，大地也震颤起来，震感通过自行车的车轮传到我们身上。

星主又开了一个虫洞。

“星主你听我说！”我在脑子里大声吼道，“如果你不马上停手，就可能会毁灭世上的一切！因为你做的虫洞正在改变多重宇宙的结构！”

让我感到意外的是，在沉默了片刻之后，他竟然回答了。

“就像瑞士埃曼塔尔奶酪吗？”

天哪！这个世界的人怎么都喜欢用奶酪来做比喻？！

他发出讥讽的笑声：“卢克二号，你这招还挺高明的。不过你不会真的以为我会上当吧？‘你的超能力会破坏时空结构’，这一招在漫画书里面早就用滥了，嘿嘿，不会吧，这句废话就是你的绝招吗？”他突然压低了声音，“让你见识一下我的厉害！”说完，他就切断了心灵感应频道。

“有东西飞过来了！”拉拉喊道。

只见一支割草机车队从星主刚打开的虫洞里高速飞出来，每台割草机的刀盘都已经降下来，刀片也在高速旋转。可是这些并非普通的割草机，每一台都挂着一个至少五十升的储草舱，还安装了F-35战斗机上的推力矢量喷管和升力风扇。割草机飞行大队瞬间就把草坪撕得支离破碎，一团团草皮跌落在我们四周。一时间汽车警报声此起彼伏，经过的路人纷纷躲进沿街建筑的门廊下面。星主把沾在身上的最后几根青草抖掉，把割草机车队送回虫洞，随即又出发追我哥去了。

在残缺的落日下，空中还有足够的光线让我们看到正在天上激斗的两人。突然，星主换成超低空飞行，在我们头上掠过。夕阳的余晖洒在他飘扬的斗篷上，只见他朝着一列排屋挥了挥手，空中突然响起了嗡嗡嗡的声音，就像一群愤怒的蜜蜂飞过。排屋顶上的所有碟形卫星天线开始震动，随着一阵砰砰砰的声音，这些天线纷纷从底座挣脱出来，飞到天上，仿佛一支外星人飞碟战队——它们是去拦截小星侠的。

扎克用他的星屏雷达把所有碟形天线准确定位，再用心灵遥感挥出一系列精准的上旋击，把那些天线全从天上打下来。

在那一瞬间，从我们的角度仰望，小星侠和星主的侧影正好嵌进了残阳当中。当时的太阳已经被遮住一半，一半光明，一半黑暗。决斗的两人就像太阳的两半，一个代表了正义，另一个代表着邪恶。

“他们向着商业街飞去了！”拉拉说完，急忙加速，紧紧追赶天上那两位飞翔的角斗士。

他们从一条街打到另一条街，从死胡同打到大街上。有时候小星侠占了上风，有时候又被星主逆转。其间他们短暂经过一片海鲜市场，顿时弄得鱼虾蟹漫天飞舞。星主这招很聪明，因为扎克很讨厌虾。

星主又开虫洞了！这一次，成百上千张纸从跨维度传送口中飞出来，把我哥团团围住。有些纸飘落在地上，我连忙刹住自行车，弯腰拾起几张一看：糟糕，大事不妙！“试卷！”

瑟奇做了个鬼脸：“试卷有什么了不起？”

“你不知道，这些看起来是往后三年里的所有试卷！”我抬头看着我哥，知道他接下来会做什么。

“他怎么闭上眼睛了？”拉拉说，“他为什么要这样做？”

我知道为什么。我哥很诚实，简直到了严苛的地步，所以他不愿意瞄那些试卷一眼，以免在将来的考试中占便宜。星主真是天才！不过当他想趁机进攻时，小星侠突然转起圈来，速度快得让人难以置信，在几秒之内就造出了一个巨大的旋涡。所有试卷一下子被旋涡卷进去，经过一番疯转，再出来时已经变成成千上万条随风飘舞的纸条。小星侠把所有试卷都撕了，不但解除了眼前的威胁，也确保没有别的学生能从中获益。

两人的决斗进入白热化状态。星主每开一个虫洞，大地就震颤一次，而且一次比一次强烈。虽然这个宇宙目前还没完蛋，可是不知道还能撑多久。

我追上了拉拉和瑟奇，我们三人并排向前蹬。

"不能任由他继续开虫洞，这样实在太危险了！"我说。

拉拉摇了摇头："可是我们怎样才能阻止他呢？"

我还没来得及回答，突然有东西蹿到我的车轮前面，我连忙急刹车。原来是一只老鼠横穿马路，后面有一只毛发凌乱的流浪猫在紧追不舍——我见到过一大群这样的流浪猫在摩尔大街上游荡。

我有主意了！"瑟奇，我有一个非常重要的问题。这个问题的答案关系到我们这个任务的成败，也决定了每一个宇宙的存亡。"

"请说。"

"你的三明治都吃完了吗？"

五分钟后，瑟奇出发回树屋，为我的计划做准备。我要把这个任务托付给一个可以信赖的人，没有比瑟奇更合适的人选了。他有胆识，有决心，还有凤尾鱼！这时候，人们终于留意到一部超级大片正在现实的天空中上演，街上顿时挤满了围观群众。一开始大家还不知道这强强碰撞的一幕是怎么回事，可是精彩刺激的空中打斗驱散了人们心中的谨慎，取而代之的是狂热兴奋的情绪。马路上传来汽车急刹车的声音，两家互为竞争对手的电视台的采访车分别从大街两端迎面驶来，差点儿就撞上了。然后紧急救援队也来了，包括消防车、救护车，甚至还有一架警用直升机。一名警察用扩音器敦促小星侠与星主立即住手，可是我觉得没人认为打斗双方会听他的，就连警察自己也知道喊了也是白喊。

小星侠和星主在我们头顶上方盘旋，身后的斗篷猎猎飘舞。两人死死地盯着对方，就像一对正在决斗的西部枪手。

我闭上眼睛："扎克，你能听见我吗？"

"哈！我的星奇感应没弄错，真的是你呀！可是我现在有点忙，卢克。"

有些东西我想告诉扎克，不过我又担心星主在偷听……不管了，我只能搏一次。"去树屋那里。"

"你又有妙计啦？哎，我问了也是多余，你总能想到办法的。好吧，我们去那里会合。"

稍停之后，两人的对打又开始了，依然激烈得让人喘不过气来。又打了几个回合，我发现围观群众的热情正在迅速减退。警车和消防车陆续开走，去处理别的紧急事件；人群渐渐散去，就连电视台的采访队也走了——他们拍下来的超级英雄动作场面已经足够拍一部电影外加八部续集了。我完全理解人们为什么会丧失兴趣，因为超级英雄打架总是打得太久。

两人继续打、继续破坏，一路打到摩尔大街。这时，继续关注超级英雄单挑的观众就剩下我们仨了。扎克说到做到，真的把星主引到了我们这条街。两人在128号后花园上空猛烈碰撞在一起，然后就摔下去不见了。

我们把自行车扔掉，从栏杆的缝隙里钻过去，走进被封锁了的星主故居。自从他们开战以来，布罗姆利镇的上空第一次变得空荡荡、静悄悄。在一片使人毛骨悚然的死寂当中，我们穿过被陨石砸毁的后院，来到树屋下面。我爬上绳梯，打开了树屋门。

只见星主和小星侠站在屋子两端，都在盯着对方。毛茸茸的地板不停地蠕动，树屋里果然挤满了流浪猫。

·28·
群猫困星主

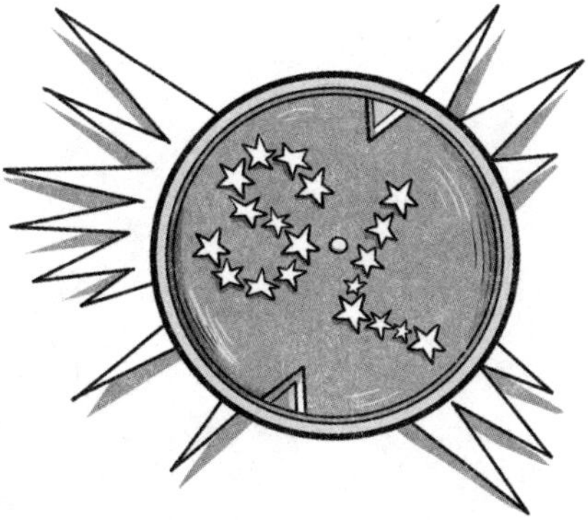

树屋里挤满了猫，每一寸地板上都有一只猫爪子或者一撮猫脖子上的毛。群猫在蠕动着，发出喵喵和咝咝的声音。瑟奇胜利完成了任务，却也付出了惨痛的代价：他的哮喘病发作了。瑟奇拿起喷雾吸入器猛吸了几口，然后把一只缠在他小腿上的姜黄色的猫甩开。

“嘿嘿，看呀，你们这帮家伙都聚齐了。”星主哼了一声，说道。

拉拉双臂交叉在胸前，用钢铁般坚毅的目光瞪着星主。

星主盯住站在树屋另一头的我，“你来得正好，我这就把你送回去。”星主得意扬扬地说，“再见啦！”说完，他随手在空中一挥，又想开一个虫洞。

可是这次他什么也没开成。

星主又试了一次，还是没成功。于是他换另一只手继续挥，然后两只手一起舞动，最后两条手臂好像风车似的转个不停。我看见他脸上露出迷惑和恐惧的神色——星主失去了超能力，却不知道为什么。

“因为这些猫。”我解释说，“众所周知，你想叫一只猫做什么事，猫是完全不理你的，就算一个拥有控制动物超能力的超级英雄也拿猫没办法。猫科动物的脑电波比较特殊，能够完全隔绝外来的指令，这也是我计划成功的关键。于是我想到要是把足够多的猫塞进一个房间，就会形成类似法拉第笼的效果。”法拉第笼是一个用来隔绝电信号的容器，却不能隔绝超能力，我说的大概就是这个意思。

扎克咧嘴一笑：“那么我们或许可以把它称作‘猫拉第笼’？”

“一点也不好笑。”扎克这句俏皮话听得我难受得直发抖，“也许我应该说，‘一点也不好喵’。”

这句话一说出来，在场所有人都皱起眉头，连星主也不例外。

“真好玩。”拉拉若有所思地说，“看来和那么多猫在一起有一个副作用，就是人会忍不住说些和猫有关的一点也不好笑的笑话。”

这时候，一只瘦长的波斯猫从我面前缓缓走过，瞥了我一眼。看它那副表情，我觉得它分明是在消遣我们。猫的超能力确实很恐怖！

“啊？嘿嘿，那就恕我失陪了。”星主说完，双膝微屈，一下子蹦上半空。

可是这次他并没有蹦上半空。

他刚跳起来几厘米高，然后就嘭的一下落回地板上。星主又试了一次，可是那些猫用毛茸茸的身体蹭着他的双腿，把他牢牢地粘在地上。星主终于意识到自己这回是彻底无能为力了，沮丧的表情在他脸上迅速蔓延。他发出一声愤怒和绝望的咆哮，双肩一下子耷拉下来，斗志也完全垮掉了。

我向瑟奇点了点头：“这个光荣任务就交给你了？”

刚才我吩咐瑟奇用吃剩的凤尾鱼三明治把街上的流浪猫都引来树屋，此外他还做了在我的计划中另外两件不太需要试验的小事儿：他到屋子的废墟里找了一把椅子，去院子里找了一段麻绳。这时，瑟奇已经把星主捆在了椅子上。

“那么猫女呢？”星主气鼓鼓地说，“她就能控制猫。”

“因为她是虚构的呀！”拉拉叹了一口气，“现实和漫画终究是不一样的。”

自从拉拉知道星主的真实身份之后，这是她第一次向星主发难。我看得出来，她真的生气了。“卢克，你怎么能做出这样的事来？”

“卢克是谁？我是星主！没听说过什么卢克……”

“呸！去你的！”拉拉一把扯下星主的面具，这下子他再也没法隐藏身份了，“你这个傻瓜！你应该告诉我的！”

星主垂下脑袋。“告诉你你也帮不了我，一切都太迟了。”他抬头看着瑟奇，“首先，我背叛了我最好的朋友；然后，我还救不了这世上对我最重要的人。你应该知道这是什么，不是吗？”

“这是大反派的辛酸血泪史。”瑟奇说。

“没错！我命中注定就是这样，反抗也没用。”

“就算没用，至少我们可以努力尝试一下！”拉拉坚持说，“我们现在就开始努力吧！”她把瑟奇拽到星主跟前，“我要你们俩重归于好。”

这两个前好友默默地注视着对方，神色间充满了疑虑。

瑟奇首先开口了：“那天晚上，我的喷雾吸入器……你就像至尊小超人[1]背叛正义联盟一样背叛了我。”

星主做了一个鬼脸：“哪有那么夸张呀。”

“对我来说就是这么夸张！”

他们久久凝视着彼此的眼睛……“对不起。”星主说道。听

---

① 至尊小超人：DC漫画作品中的人物，从超级英雄变成超级大反派。

起来他是真心的。

我发现扎克正盯着我。经过刚才的混乱，扎克直到现在才想起来，我出现在这个世界，到底意味着什么。其他三人开始聊天，修补破裂的友谊，扎克趁机拉着我走到树屋的一角。我有预感，他会对我不畏艰险、穿越茫茫宇宙前来救他的英雄行径感激涕零。我只希望他不要表现得太女孩气了。

“你来这里干吗?!”他脸上露出恐惧的神情，“妈妈和爸爸知道你来了另一个维度吗?”

唉，至少他没来一个热烈的拥抱，我就偷着乐吧。“先别说妈妈和爸爸，”我说，“我想知道你是怎么逃跑的。上次我见到你的时候，你还耷拉着脑袋，就像一只手指没塞进去的手套布偶。可是打那以后，你竟然能在黑暗里恢复超能力，简直不可思议！”

扎克摊开手掌，只见掌心里放着一张类似信用卡的卡片，上面还印着小星侠的标志。在我们自己的世界里，就在扎克收拾东西准备前往布罗姆利镇二号的时候，我见过这张卡片。“这是星纵队研发部门为我做的，虽然只是个设计雏形，却也帮了我大忙。”

我不明白：“这是你自己专用的信用卡吗?”

扎克哼了一声，用大拇指按住卡片上的小星侠标志。原来那是一个按钮，这张“信用卡”立即发出耀眼的强光，我们连忙把眼睛挡住。

“这是人工合成的星光。”他解释道，“当然和真正的星光没法比，可是在紧急关头也能撑一会儿。”说完，他把卡片关了。

“就像一个充电器是吧？”

“是的，不过速度很慢。我现在的超能力远没到巅峰状态，所以我本来打算再充一天才跟星主开打的，没想到你突然来了。我在开始逃跑之前必须考虑很多因素！比如说，我在地底多深的地方？我能预测山洞高度吗？该数值是否恒定？要是我高速向外冲的话，会不会撞到脑袋？在逃跑过程中，我能否确保不伤及无辜，也不破坏历史遗迹？我怎样才能成功地击败并擒获星主？有很多东西要考虑。”

这些问题听起来很耳熟。“你做了一个风险评估。”我说。

扎克点头道：“这是绝对要做的。而且只有在这种极端的情形下，你才能明白风险评估的价值。”

风险评估，填表……这些破事儿有什么价值呢？我更想知道的一件事是：“你有没有受他诱惑，想留在这个世界呢？”

扎克没有立刻回答，而是迟疑了片刻。他朝其余三人走近几步，确保星主能听见他接下来要说的话。

“我不属于这里。”他说，“对不起。”

我本来应该有如释重负的感觉，可是当我看到星主的脸因为痛苦而扭曲，我的五脏六腑就像被绳子捆住似的，突然揪成一团。星主打算偷了我哥去取代他哥，自从我知道他的阴谋之后，我一直在回避一个问题，因为这个问题让我浑身不自在，就像鹰侠[①]胸前的绑带那么让人不舒服。

星主的所作所为真的很邪恶吗？

从我的角度看，答案再明显不过了。他撒谎，他滥用超能力，他在盛怒时召唤来一头吞噬世界的大怪物，他绑架和囚禁扎克，这当然算是邪恶了。可是从另一个角度看，在漫画书和电影里，当超级英雄面临绝境时，他们哪怕上天入地也要拯救自己的世界。星主不仅上天入地，他甚至穿越了无穷无尽的平行世界，就是要为自己和自己的家庭找到救赎。所以这个问题很难回答：为了帮助自己所爱的人而做坏事，可以吗？如果我把星主看成我的邪恶分身，事情就很简单了，这个世界也只有黑色和白色，一点也不复杂。可是突然间，我觉得那个黑白分明的世界变得和我自己的世界一样，是那么遥不可及。

“现在我们该怎么回去呢？”扎克问道，“我猜你已经胸有成竹了吧？”

我点了点头，说：“可是我们不能在这里说。”虽然星主已经失去超能力，可是我不想冒险，绝不能在他面前讨论我们的逃

① 鹰侠：DC漫画作品中的超级英雄。

跑计划。“我只是需要几件东西。”我拨开几只猫，捡起填字游戏的棋盘。瑟奇也捧起松鼠，和我一起走出树屋。

黑暗正在逐渐把后花园吞没。我带着众人走到工具棚的遗址上，那里现在只剩下一个开裂的混凝土地基和几根断掉的木方。我把填字游戏的棋盘摊开。

“瑟奇，我需要这只跨维度松鼠。”

瑟奇把松鼠递给我。

“你在干吗？”扎克问我。

“我要确认这只小动物发送信息的能力是不是和接收信息的能力一样强。不好意思，我要集中精神干正事了。”说着我盯着那张毛茸茸的小脸，“暗翅女侠，如果你能听到我说话，请给我一个信号。”过了片刻，松鼠的尾巴突然竖起来，以一种古怪的方式摆动了几下。普通松鼠是不会这样摇尾巴的。“太好了！”于是我对松鼠说，星主犯了一个所有超级大反派都会犯的错误：他告诉我他是开着左邦的飞船来我们世界的。接下来的推理分析就像计算två+två那么简单（顺便介绍一下，två是瑞典语，就是数字2），我一下子就猜到了星主停泊飞船的地方。“去宜家找。”说完最后一句指令，我把松鼠放在棋盘旁边。它立刻拼出了几句话：

我们会找到飞船　然后来接你　你做好准备

还有

你拿我的手机了吗

读着这几句话——除了最后一句，我心中一下子充满了希望：我的小伙伴们要来了，我们这回赢定啦！呃，当然了，在场的拉拉二号、瑟奇二号，还有扎克，也是我的小伙伴。“围巾特攻队迟早会找到那艘飞船的。同时星主已经被关在树屋里，不能继续开更多虫洞，所以这个世界、这个宇宙，甚至所有多重宇宙都安全了。我们只需要等他们来接就可以了。”

扎克心满意足地长吁一口气：“我想起上次苏-邓纳姆外星军团用火在天空中烧出几个数字，是他们入侵地球的倒计时。老实说，这次起码我不用跟时间比赛，算是很轻松了。卢克你这次做得真棒！”

我几乎没留意哥哥在夸我，因为就在这时，松鼠又在填字游戏棋盘上列出了一个新的句子：

你也看到日食了吗

只见松鼠蹲在句子末端，就像一个毛茸茸的灰色问号。原来我的世界也发生了日食，这到底意味着什么呢？我们两个世界怎么会同时观察到同一个现象呢？突然，我恍然大悟。

“拉拉，你带笔记本了吗？”

“当然。”随身带笔记本是记者的本能，虽然拉拉只是刚出道的菜鸟，可是这种本能是不会丢的。她把笔记本递给我，我撕了两页下来。

“扎克，我能借你的标志用一下吗？”

他的标志是我用妈妈的旧胸针做的。我用别针在其中一张纸上戳了一个小孔。“我知道这次日食是什么造成的了。”我说，“既不是大型叠叠乐，也不是银河系巨无霸奶酪。”

我转身背对着太阳，用一只手拿起带小孔的那张纸，竖起来立在我的肩膀上方，另一只手拿着第二张纸做屏幕。不出所料，因为小孔成像原理，屏幕上出现了一个太阳的影像。“那是一个影子。”

“什么东西的影子？”扎克问。

“相邻宇宙的影子。”我用一根手指敲着纸屏幕上面的日食影像，“我们自己的宇宙快要撞上这个宇宙啦！”

·29·
宇宙撞宇宙

当天早上我睡醒时，太阳只是黑了很小一片，可是现在太阳表面的大部分已经被阴影覆盖了。我们两个世界就像泰坦尼克号和冰山，眼看就要撞在一起了，除非我们能及时想办法阻止。突然，后院又开始剧烈震动起来。

“你觉得我们还剩下多少时间？”扎克稳住身体，问道。

太阳表面的阴影又扩大了一分。关于扎克的问题，我已经想出答案了。虽然日食没有空中的火焰数字倒计时那么醒目，可是也已经足够清楚了。“我敢打赌，日全食的一刻正是两个宇宙碰撞之时。”说完，我狠狠地咽了一下口水，“当最后一缕阳光消失的时候，世间的一切光明也会一起灭亡。”

拉拉拿起笔记本，开始算起数来，很快就写满了两页纸，密密麻麻的全是数字。“……然后我用太阳消失的速度来估算，最终撞击会发生在……”她停顿了一下，“二十二分钟后。”

我用拉拉一号的手机设置了计时器，然后转头看着扎克。我们面对的这个难题远远超过了我的能力范围，我只能寄希望扎克有办法。“扎克，你能阻止两个世界相撞吗？”我问。

“不可能。别说我现在只有百分之三十的功力，就算我百分之百恢复了也没戏。虽然我能抵挡小行星，可现在这是宇宙级数的难题，完全不是我能应付的。”

这时候，一片风暴云的黑色边缘在我们头顶掠过，一道闪电从翻滚的乌云中射出来，一阵惊雷将天空劈开一条裂缝。世界末日在即，连天气也变得狂暴起来。突然，又传来一阵轰隆隆的声音，我还以为是另外一阵雷声，然后意识到这声响是从树屋传过来的。我猛地转头，看见星主就像战斗机飞行员弹射出舱似的，连人带椅撞破了树屋的屋顶，直飞上天。

“他怎么还能飞呢？”大惑不解的扎克喃喃自语。

“是火箭靴。”我指着星主鞋跟喷出来的两道火焰说。那天那双火箭靴突然出现在我房间，过后星主肯定一直把它们穿在脚上。我不由暗暗佩服。

就这样，星主想办法冲破了超能力猫禁区的封锁，也挣脱了身上的绳索。破碎的椅子和断裂的绳子掉下来，落在小行星天劫碎片砸出来的大坑里。他在我们头顶盘旋着，火箭靴不住地喷出火焰。

“星主，你一定要听我说！”我恳求道，“一旦发生日全食，这个世界就会——”

“得了吧你！”星主一下子打断我的话，“省省吧，卢克二号！这世界根本就不会毁灭，你只是想骗我把扎克还给你。哼，你就别痴心妄想了，他留在这里不走了！”

这家伙已经神志不清了。

“不行！”扎克坚决而镇定地说，“我和卢克一起走！”

“是吗？可是你们怎么走呢？你看看我手上有什么？”星主说着，伸出一只手，五指卷曲，好像在召唤什么东西。他这个造型特别拉风，如果在这一刻有些邪恶的事马上发生，那么效果肯定好得不能再好。可惜什么也没发生。

我们干等着，还是什么也没发生。

星主就这样一脸尴尬地浮在半空，一条僵硬的手臂不住地颤抖。谁也不知道他使出吃奶的劲儿在干什么。“我本来是打算随身带着它的，”他故作神秘地说，“可我怎么知道会突然变成‘猫兹卡班’的囚徒[①]呢？”

他又在讲跟猫有关的不好笑的笑话了。这种恶习就像老猫屎尿的气味，一旦沾上就很难清除。

---

① 这里作者是在调侃“哈利·波特”系列中的《阿兹卡班的囚徒》。

大伙儿又等了一阵子。

“你正在用心灵遥感的超能力从远处拿一件东西吗？”我试探地问。

“也许吧。”星主不置可否。

“那东西不会是在另一个宇宙吧？要是这样的话，你又在开虫洞了！”

星主生气地说：“既然你那么好管闲事，我就告诉你吧，是在我房间里。”

“那是一件武器吗？”

“喂，我又不是跟你玩‘超级反派二十题’抢答游戏。哈！终于来了！”听他语气，仿佛放下了心头大石。

只见一件物体呼啸着从远方的天空中飞过来，啪的一下重重落在星主的掌心：一个表面镶着一层层玻璃的蓝色金属块。我记得之前见过这东西，那是在爸爸漫画书店的天台，就在星主劫走扎克之前。当时他还提起什么“善后工作”。

这时，火箭靴发出一声爆响，星主飞到我面前，把那件东西递了过来，然后就放手了。我连忙伸出双手接住。

“哇！”这东西看着小，其实可重了！

“你还期待围巾特攻队来救你回去吗？”星主脸上的笑容让我心中一阵忐忑。

金属块里突然发出低沉的金属撞击声，我吓了一跳，顿时脱手。那东西撞在地面上，摇晃了一下，就侧躺着不动了。我猛然意识到这是什么东西了，不禁大惊失色。

“这是左邦的跨维度飞船！”

星主用他的神力把整艘飞船压缩成一块镇纸了！

“你真的以为我会留下一个隐患，好让你们破坏我的全盘计划吗？”他显示出很受伤的样子，“你真的这么小看我吗？你把我当什么人了？”

我又一次败在了我的邪恶分身的手上。在那一刻，我看着他那张得意扬扬的臭脸——也就是我这张得意扬扬的臭脸，我突然爆发了。我怒吼一声，径直向他扑过去。我和他都没想到，我竟然能一下子突破他的超能力护罩，出其不意地把他扑倒在地。我这一下重重的撞击让星主几乎喘不过气来，所以他张大嘴拼命吸气。可惜我的胜利是短暂的，只听他大喝一声，向我反扑过来，一个熊抱把我箍住。我们俩在地上翻滚，从院子的一头滚到另一头。

我听见扎克叫我们住手，瑟奇鼓励我去打星主的鼻子，拉拉则在大声倒数。

“还有十六分钟世界就毁灭啦！”

“够啦！”扎克吼道，“马上给我住手！别逼我亲自动手把你们俩分开！”

这句话仿佛在我脑子里炸出一声巨响。把我们俩分开……

当然了！

我马上住手。又过了好几秒，星主才意识到我已经停止了反抗，于是他也停手了。

“哼，挨打挨够了吧？”他一边说一边整理着斗篷。

我几乎没听见他说的话，因为在这一刻，我做出了一个决定，我一生中最艰难的一个决定。本来应该感到恐惧的我心中竟然充满了平静。我和星主结束了纠缠，各自默默地站起来。

“你别打什么鬼主意！”星主警告我。

我摇了摇头。我接下来要做的事并不是鬼主意。“我们本来就不应该碰面的，原因有很多，其中一个是我们俩在一起的时候会产生一种超级强大的磁场。”他面无表情地看着我。“难道你看不出来吗？我们俩才是造成日食的根本原因。我们把两个宇宙拉在一起了。”我的喉咙突然变得很干涩，“就算你不放扎克走，你也必须把我送回我的世界。”

超人的父亲把儿子送走，因为他们的世界要毁灭了。尽管乔·艾尔也不忍心让儿子孤孤单单地在宇宙中飘荡，可是他没有别的选择。现在我也必须离开了，因为我要拯救我的世界，就算因此与扎克永别，我也不得不去做。

“不可能！”扎克说，“绝对不可能！”

“扎克，你听我说，如果我还不走，再过——”我瞥了拉拉一眼。

“十三分钟。”她跟我确认。

“——所有人都会完蛋。”

扎克两只手紧紧握在一起。“肯定有别的办法！”可是他也知道没有，“卢克，不要这样。”从他的语气里我听得出来，他已经接受了我的决定。

我记不得从小到大我有没有仔仔细细地端详过我哥的脸。这样的怪事，谁会去做呀？可是在这一刻，我不忍心把目光从他脸上移开。我知道这是我看他的最后一眼，一旦转头，我就再也见不着他了。

“这样做，至少我知道你还活着。”我咽了一下口水，想不到离别会这么难，“哪怕是在另一个宇宙里。”我勉强忍住眼泪，因为我一旦开始哭，就永远停不下来了。我猛然转身盯着星主：“来吧！动手呀！”

他犹豫了。

“星主，请你快动手！”我不敢回头看我哥，所以只能恳求星主。

“这真的是世界末日吗？”星主低声说。他重重地坐在地上，双手抱着脑袋，“我希望……我希望左邦从来没有把超能力赐给我。我希望那晚离开树屋的是我！这样的话，他还会活着。”他抬头看着扎克。在那一瞬间，他脸上的表情变了，从痛苦变成了坦然。

“我会把你们送回去。”星主说，“两个都回去。”

我简直不敢相信自己的耳朵：“你又在耍什么诡计？肯定有诈！”

“不一定。”瑟奇说，“有许多超级大反派在最后一刻回心转意、改邪归正，比如说黑寡妇[①]、小淘气[②]和白皇后[③]。”

“怎么都是女的。”拉拉不满地嘟囔了一句。

“我做了这么多伤天害理的事，落得一个孤独的下场也是罪有应得。”星主说。

“不，不是的。”拉拉说，“你不会孤独，因为你还有我呀。”

瑟奇往前跨出一步，伸出一只手：“还有我！”

星主一把抓住瑟奇的手，站了起来。他走到院子中心，举起双臂，就像一位指挥家正准备开始表演一首波澜壮阔的宇宙交响乐。

“他要开虫洞了！”我忍不住赞叹道，“他真的愿意救我们啊！”

“他当然会救我们。”扎克说，“基本上，他就是你呀。”

“等等！”拉拉喊道，“要是这个虫洞触发了——”

---

① 黑寡妇：漫威漫画作品中的超级英雄，复仇者联盟成员。
② 小淘气：漫威漫画作品中的超级英雄，变种人，X战警成员。
③ 白皇后：漫威漫画作品中的超级英雄，变种人。

“埃曼塔尔奶酪效应宇宙大灾难！”瑟奇接了她的话。

不会吧，他们还喋喋不休地拿奶酪说事儿啊？不过现在不是争论这个的时候。“我们没有别的选择了。”

星主开始努力造虫洞。他用一只手在空中画圆，召唤虫洞现形。我们屏住呼吸，仰望天空，等待那熟悉的一幕再现。十五秒后，我们还在屏住呼吸，可是天上连一条虫也没有，更别说虫洞了。和扎克恶斗时，星主在眨眼之间就能造出几个虫洞，怎么现在拖了这么久呢？

从星主迷惑的表情看得出来，他也被同样的问题困扰着。他重新开始，加倍努力，拼命要打开一个虫洞，好让我们回家拯救两个世界。可是最后他大吼一声，转身看着我们。

“我做不到，因为超能力都耗尽了。刚才打了一场，还有那些猫，我已经被榨干了。”他的肩膀也塌了下来。

没人愿意听到这样一条坏消息。

我们宇宙的影子正在肆无忌惮地吞噬着迅速消失的太阳，时间已经不多了。

“也许我们可以给星主补充能量。”瑟奇提议说。

“现在已经没有足够阳光给他补充了。”拉拉说完，抬头看了天空一眼。

“即使我带他飞到外太空去照，时间也来不及了。”扎克沮丧地说。

我打了一个响指："你的'信用卡'呢？"

"我们还有多久？"扎克问。

"大概八分钟吧。"拉拉答道。

扎克摇了摇头，来不及补充能量了。

突然，空中传来轰隆一声，仿佛有两个雷神正在争抢一个遥控器。大地猛烈震动起来，这是迄今为止最剧烈的一次，我们一下子被甩出去，飞到了院子另一端。我勉强站着没摔倒，可就在这时，地面突然裂开，那条缝就像危墙上的一道裂痕，以之字形从院子的一头飞蹿到另一头。裂缝就在我跟前经过，我发现自己正摇摇欲坠地站在一条深沟的边缘，脚下的黑洞就像吞噬天地怪戈尔登那个没有双唇的大嘴。我觉得头晕目眩，连忙后退一步。可是脚下的泥土在瞬间崩塌，我一下子失去重心，向下急坠。

·30·
长不大的男孩

裂缝的两壁都是泥土，我下坠的时候，在凸出来的石头和树根上磕磕碰碰。眼看就要被黑暗吞没，我拼命在泥壁上面乱抓，终于把十根手指全部插进泥土里，这才没有继续往下坠。在我耳边，一团团泥土不断往下滚落。我不敢低头看，只能苦苦扒着泥壁。我不知道自己到底跌了多深，也不知道我还能撑多久。这时候，头顶传来人声，是他们在呼喊我的名字。

“我没事！”我大声答道。

“我来救你，卢克。”扎克的声音在我脑子里响起，“我还剩了一些超能力。”

超能力？！没错！这太明显了，我刚才怎么没想起来呢？“扎克，不要来！别浪费你的能量！”

“什么？”

“别再用传心术啦！”我大声说，“你剩下的超能力一点点也不能浪费，因为你需要用到！”我开始往上爬，过程漫长而痛苦，“你和星主必须一起发功。”我一边喊，一边揪着树根向上攀，“你们俩一定要齐心合力才能创造虫洞啊！”

“知道啦！”扎克大声回答我。

现在我唯一能做的就是争取及时爬回地面，其余的就靠扎克和星主了。我小心翼翼地攀爬，不敢踏错一步。要是我脚底打滑摔下去，那一切就都完蛋了。

我瞥了头顶的天空一眼，在越发微弱的最后一线日光中看见了一个剪影。我过了好几秒才知道那是什么：原来拉拉和瑟奇做了一条人链！只见瑟奇的双臂紧紧箍住拉拉的双腿，而拉拉就像一只蝙蝠似的倒挂在裂缝边缘。

我在滑溜溜的泥壁上挣扎着往上爬，眼睛死死地盯住拉拉垂下来的双手。

“我看见他啦！”拉拉喊道，把手向我伸过来。

我也伸出手，我们的手指尖碰上了！一次、两次……突然，我觉得脚下开始打滑，于是我不管三七二十一，纵身向她跳过去。

可是我没抓住她的手。

当我再次即将往下坠落的时候，我只能做最后一搏，一下子揪住了她衣服的袖口。这回真是命悬一线了。

她另一只手啪的一下钳住了我的手腕。

“抓住啦！”拉拉喊道，“瑟奇，拉！”

他们两人哼哼唧唧地拉着我向上爬，经过一番挣扎，终于把我拖回了地面。我们三人筋疲力尽，扑通一下瘫倒在地。可是还没到我们可以放松的时候。

因为这时一阵冷风在橡树叶子中刮过，发出鬼哭狼嚎般的声音。天空中只剩下一线日光，就像一条正在闭合的门缝。世界末日正在迅速逼近。

在凄厉的风声中传来一声绝望的吼叫。扎克与星主手牵着手站在树屋前，正在合力运功，却毫无效果。

扎克甩开星主的手：“我不行……我甚至不知道自己在做什么。”

“我们再来！”我的分身再次牵起扎克的手，“你能行的！”

扎克点了点头，深呼吸几下，重新振作起来：“好吧！想想我的家，爸爸和妈妈，帮卡拉补习物理，还有中学毕业考试……”

他又开始努力了。

“加油啊扎克！”我暗暗为他打气。

“家！家！”他反复念叨着，“最爱是我家。”然而还是没戏，连虫洞的影子也没有。

我的计划失败了。

我们身后突然传来金属摩擦的声音，有一个人推开栏杆走了进来：原来是卡拉！只见她一脸的迷茫，像梦游般穿过院子，走到我们面前。

“呃……你来这里干吗？”拉拉问道。

卡拉几乎没注意到妹妹也在这里，因为她正目不转睛地注视着扎克。“我刚才在学校里，”她含含糊糊地说，“大家正看网上直播的超级英雄单挑。然后我回到家，看到你们院子里的灯光……”

她的声音越来越小，然后她转头看着我：“昨晚吃饭时，你说起平行宇宙的事。其实天劫袭击之后，我一直会梦见扎克。在我的梦里，他……他能飞。”在昏暗的光线里我看不清楚，不过我觉得她正在流眼泪。

“卡拉……”扎克低声说道。

她伸手抚摸着扎克的脸颊：“扎克。”

通常来说，我哥在卡拉面前会突然变结巴，或者无端地撞上身边的家具，幸好现在院子里没有箱子和柜子。扎克好像还想说什么，卡拉突然凑上去吻了他。

“炸薯条！”瑟奇叫嚷道，“我闻到炸薯条味儿了！”

黑沉沉的天空中突然出现了一个不断旋转着的虫洞。

星主和扎克（再加上卡拉的一个吻）成功了！

“只剩两分钟了！”拉拉说，“恐怕来不及了。”

“哎呀，有东西从洞里出来了！”瑟奇说。

在这个跨维度传送口里，有一个东西的轮廓迅速成形。这个东西没有激光眼沙鼠、火箭靴和吞噬天地怪那么匪夷所思，却同样叫人不可思议。

是一辆公共汽车。

公共汽车从天而降，重重地砸在围栏的另一边，院子顿时被车灯照得亮如白昼。这车的悬挂系统竟然没有摔坏，还能开足马力，一下子撞破了围栏，冲进了院子，打滑的车轮立刻在草地上划出两条深深的车辙。在一声尖锐的刹车声中，公共汽车停在了深渊前几厘米的地方，空转的发动机发出轰隆隆的声响。

我认出了车顶牌子上面的号码，原来这辆公共汽车是有来头的！

“227路车。”我喃喃说道。

这是一辆能载我回家的公共汽车。

刺的一声，前门打开了。我转身看着其他人，正想说点什么，却被抓狂的拉拉打断了。

“你还等什么?!”她一边吼一边把我向车门那里推，“快上车呀！”

“再见了，我的朋友。”瑟奇挥手道别，“快！快呀！”

“我会想你的。”卡拉对扎克轻声说。

“扎克……”星主一下子扑进我哥怀里。

现在回想起来，我不知道当时是谁先放手的，总之他们的拥抱终于结束，扎克也跳上了汽车。车门缓缓关上时，星主将手按在玻璃上，嘴里说了句话。扎克离他近，知道他在说什么，可我就听不清了。

在漫画书里，没有哪个人物会真的死掉，就算死了也是暂时的，始终会在日后某一集回归。可是对于星主来说，他的世界里始终会有一个缺口——扎克。不过这一次他至少有机会说再见。

车轮急速转动，不断加大马力，终于开动了。可是我们的车并没有向前开出院子，而是车头猛然向上，腾空而起，向着虫洞飞去。

我和扎克一下子失去重心，摔倒在地。在惊叫声中，我们俩沿着过道一直滑到车尾。透过车后窗，我看到星主正跟在我们后面飞，他是我在这个世界里见到的最后一个人。有一瞬间，我还以为他要跟着我们回去，可是当我们进入虫洞的时候，他停住了，默默地目送我们离开。

他开始向我们挥手，扎克和我跪在最后一排座位上，也向他挥手。星主就这样悬浮在空中，脸上带着一丝苦涩的微笑。

虫洞在我们身后闭合，公共汽车继续向前飞。与此同时，我感到我们两个宇宙之间的距离开始变大。

我转头问扎克："他最后跟你说什么了？"

扎克用双手托着下巴，凝视着窗外："朝着右前方第二颗星星，一直飞到天明。"

·31·
巨变

就这样，我把星主留在了我的身后。我感觉到两个宇宙正在分离，两者之间的距离也迅速扩大。上次我穿越虫洞的时候，一下子就从另一边出来了，可是这一次我们显然踏上了一段更为漫长的旅程。我们飞越无数个行星和太阳，绕过一颗超新星，为了避开一个黑洞还做了一次三点掉头。在黑暗的车窗上，我看到了自己的倒影。我看起来是那么的……轻松，我几乎都认不出自己来了。然后我才想起来，我快要回家了。我瞄了扎克一眼，我们要回家了。在这么完美的一刻，我觉得心满意足、神清气爽。然后我又想到了星主。

“你还好吧？”扎克问，他坐在座位上看着我。我们俩在离开布罗姆利镇二号的时候简短地聊了几句，之后就再也没说话，寂静的旅程显得格外压抑。

我点了点头："你呢？"

"我吻了卡拉。"他精神恍惚地说。

"准确来说，她不是你的那位卡拉。"我指出真相。上个月扎克亲了机器人卡拉，刚才又吻了平行世界的卡拉二号，真是没完没了。

"我有一个女朋友了。"他的声音显得那么遥远。

"对啊，"我嘟囔着，"在另一个维度。"

他狠狠地瞪了我一眼。

"呃，谁在开车呢？"我连忙岔开话题。

"没人开车呀。"扎克说完，又很牵强附会地解释道，"你知道，这是……量子物理嘛。"

好像什么都能用量子物理解释似的。"那么戴帽子的是谁呢？"

司机隔间里镶着一块巨大的倒后镜，镜中有一个戴着尖帽子的人。就在我说出这个问题的时候，那个人突然抬头，露出了真面目。

"左邦！"扎克倒吸了一口气。

"决策者？"

"不，是牙医！"扎克向我翻白眼。

我们连忙向车头走去。我终于见到了传说中的决策者左邦：

弗罗达克斯·温斯因·热惹任发星球最高理事会的全权代表。他专门把超能力赐给不配接受殊荣的人，他每次到来总是预示着诸如“小行星撞地球”“邪恶体育老师”之类的末世浩劫；他总是趁我上厕所的时候才突然出现。他跟扎克描述的一模一样，身披紫色高领斗篷，胸前有几颗闪闪发亮的星星。可是扎克忘了说非常重要的一点：他的脑袋才刚到方向盘的高度。

“他怎么这么‘迷你’呀？”我小声问，“给他一根鱼竿，我们就可以聘请他做摆在花园的侏儒土地神像了。”

扎克闻言不禁皱起了眉头。

“做得很好。”左邦竟然声如洪钟，我感觉就像听见一只浮在浴缸里吱吱作响的橡胶小鸭子竟然发出雷鸣般的叫声。

我举起一根手指提问：“这个……左邦先生，左邦大人，我想请您澄清几件事。首先，您好，我们终于见面了！然后我的问题是：您说谁做得很好？您称赞的只是小星侠一个人，还是把我也算进去了？要是您也觉得我做得好，那么请问您会给我一点奖励吗？您知道吗，我听说您会赠送超能力，所以我列了一张清单。这张清单是我煞费苦心才写出来的，请您务必要考虑。”

“卢克！”扎克狠狠地说，“你不能问人家要超能力！这事儿不是这么干的！”

“谁说的？”

扎克瞥了我一眼，目光里充满了同情。我突然想起一件事，心中顿时充满了沮丧：以前扎克总问一些愚不可及的问题：绿灯侠的能量戒指有什么能量？超人的超能力的极限是什么？……每次他问这些蠢问题，我就是用这样充满同情的目光看他的。不过这一次正确的当然是扎克。想不到宇宙大局在顷刻间竟然被完全颠覆了。

“左邦，我猜这东西是你的。”扎克说完，把那艘被压缩成一块牛奶巧克力大小的跨维度飞船递给他。

“嗯。”左邦仔细检查损毁情况，“问题不大。”他用衣袖擦拭了一下压缩飞船的一角，“现在快坐好。”他一转方向盘，我和扎克像叠罗汉似的摔倒在地，“我们马上要降落了。”他开始减挡，变速箱发出咔嚓咔嚓的声音，“准备！”

本来我们一直在多重空间里穿梭，哪知在片刻之后，我们的车一头栽在一条平凡而熟悉的马路上，汽车轮胎拼命尖叫，悬挂系统也发出如泣如诉的呻吟声。我们的公共汽车降落在反向车道上，朝一辆迎面驶来的汽车直撞过去。来车的司机被突然冒出来的227路公共汽车吓了一大跳，连忙拼命按喇叭，又发疯似的转方向盘，总算给我们让出了一条道。终于，左邦控制好公共汽车，然后减速，于是我们的车就像普通公交车那样在街上慢悠悠地前行。

这时候我才察觉到有地方不对劲儿。左邦竟然长高了！他增高了远不止几厘米，而是像魔豆似的猛然暴长！他的尖帽子已经碰到了司机隔间的顶部。看来人在量子空间里旅行时，身上会发生一些古怪的事。

“看哪！”扎克指着天空。

只见一轮落日悬在沿街建筑物的屋顶上。另一个宇宙的阴影已经不见了，太阳变回了一个完整无缺的圆形。

“我们是不是已经……”

“是。”左邦不等我把整个问题说出来就抢先回答了。未卜先知好像已经成了他的习惯。

我们成功扭转了大局，拯救了世界，拯救了我们的宇宙，还拯救了无穷无尽的多重宇宙。我需要好好歇一歇了。

“我们终于到家了。”我说道，隐约觉得声音听起来有点不对劲。可我猜这是因为自己在这一刻太激动了，所以也没多想。

扎克也放松下来，咧着嘴开怀大笑。可是当他转头看着我时，他脸上的笑容突然消失了。笑容消失倒没什么，真正让我担心的是他的脸也不见了。这张不是他的脸！

“卢克？”

“扎克？”又是这个古怪的声音！虽然这声音是从我嘴里发出来的，可这并不是我自己的嗓音。

我们俩缓缓地抬头看镶在司机隔间顶上的大镜子，只见两张惊惶的脸孔正从镜子里俯视着我们。在我们穿越多重宇宙的过程中发生了一件事，一件恐怖的事！

我们俩竟然调换身体了！

他变成了我。

而我变成了我哥。

这时候，车铃发出叮的一声，我们到站了。

致谢

我正准备开始写一段传统的致谢辞，突然有一份文件穿越虫洞来到我面前。看来这份文件的作者是生活在某个平行宇宙里的另一个我。文件如下：

本人是来自北克劳依独立印刷国的第451号公民作家，在此特意向我们光荣的永久统治者、最高领袖威尔逊致谢，虽千言万语也无法表达本人心中的感激之情。接下来要感谢首席大臣斯坦斯菲尔德，虽然本人词不达意，感恩的心却是真诚无比，若没有大人不分昼夜的严厉督促，这本书就不会有出版之日。然后是洗脑部部长斯托克斯，以及她从宣传司派来的两位令人敬畏的特使：金斯顿副主席与克拉格斯主管。几位大人恩德深重，本人每念及此，不免心中惶恐。还有海外秘书处的乌歇尔·格考斯卡，强烈感谢您为本人提供远程全球策略。此外，秘密警察部队Bounce小分队的成员们，你们不知疲倦地潜入各处书店，毫不留情地“绑架”各界人士，为我国文化事业做出了杰出贡献。本人虽然吓得胆战心惊，却还是要说一句谢谢。接着本人要感谢几位普通公民：劳拉·埃伦·安德森、罗布·比达尔夫和罗宾·博伊登（第16号、第17号和第18号国家认证插图员）。他们与设计部地牢的领导、西奥伯尔德主管紧密合作，并在此过程中展现出令人惊叹的高超技巧。接下来要感谢的是中心委员会的其余成员，包括波尼克部长和斯科博副部长。

本人在此郑重声明，如果没有代理商斯坦，本人不可能取得今天的成就。听到这句话的人，可以去向他求助。

最后这句话是对本人的伴侣、十八个小孩的母亲说的。娜塔莎，你看，我已经拿到了一张货真价实的准生证！哎，你别跑呀……

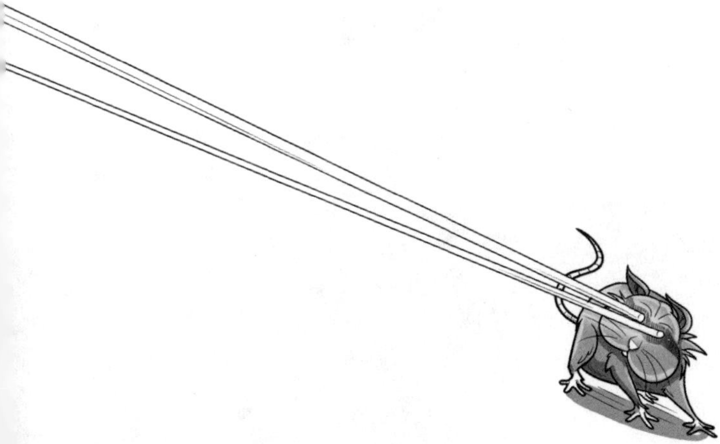

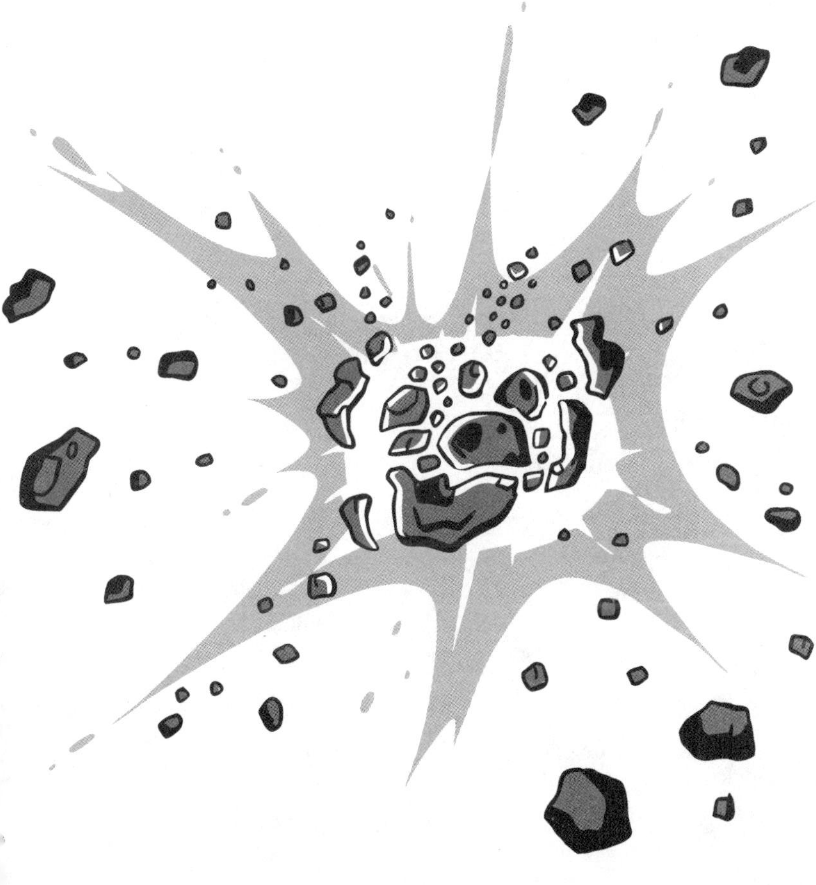